カンヴァスの恋人たち

一色さゆり

小学館

カンヴァスの恋人たち

暗闇のなかで、たった一人きりでいると、あの人のことばかり考えてしまう。

行き場のない悲しみに、全身が押しつぶされそうだった。

もう二度と会えないなんて――。

こんな状況になったことさえ、あの人は知らない。

室内は真っ暗だった。光といえば、扉のすきまから漏れる灯《あか》りくらい。たまに影が揺れるのは、廊下を人が通るからだろう。

しかし今となっては、他のすべてがどうでもよかった。

いくら考えないようにしても、あの人との記憶ばかりが頭をよぎる。一緒に見た光景、交わした会話。それらの記憶によって、かろうじて生かされている一方、思い出すほどに息が苦しくなる。

多くを捨ててここに来たけれど、あの肖像画だけは残してある。

私が筆をとった、あの人の肖像画。

黄色くて小さい光の束のような花を抱いた、美しいあの人。

暗闇にいても、目を閉じても、それだけは消えなかった。

I

1

絵を壁にかける人、立体作品と並んで立つ人、まだなにもない展示室を見つめる人。

貴山史絵《たかやまふみえ》は、会議室に飾られた記録写真を眺めながら、自分がここ白石《しらいし》美術館で学芸員として働く前から、くり返されてきたことに想《おも》いを馳《は》せていた。

「では、つぎの議題に入ります」

声がして、史絵はわれに返った。

会議室では、二十人ほどの美術館職員が席についている。まだ四月の半ばだが、クーラーをつけたくなる日差しだ。ブラインドを半分下ろしても、なお眩《まぶ》しい。黒い革張りの椅子には熱がこもり、真っ白なブラウスが汗ばむ。

中央に座っている学芸課の楠《くすのき》 美和子《みわこ》課長が、全体を見回しながらつづける。

「来年度の展覧会については、すでに三つの案が決まっていますが、そろそろ夏の枠も決定したいと思います。現状、提出されている企画案について、担当者から簡単に説明してもらえますか?」

課長と目が合って、「じゃ、貴山さんから」と促される。

史絵はブラウスの襟を整えてから、立ちあがって背筋を伸ばす。学芸員として働きはじめて、気がつけば三十一歳になった。人前での発言にも場慣れし、今では「言ったもの勝ち」を座右の銘としている。

全員の視線を集めてから、声を張る。

「私の案は、十九世紀印象派の女性画家の展覧会です」

先日、新聞社から企画案が届いたもので、東京を皮切りに全国を巡回する。

「内容は充実しているけど、ちょっと費用がかさむかな」

課長は資料に目を通しながら、鋭く指摘する。

十年ほど前まで、都内の美術館に在籍していたらしいが、今やこの人がいなければ、白石美術館の学芸課はまわらない。

「私たちが手を挙げれば、主催者も空白期間の保管費が浮くわけなので、負担額の交渉はできるかと」

「なるほど」と、課長は顔を上げずに言う。

「それに、こういった内容は私の研究分野ですが、白石グループが掲げる理念にもよく合っているので、うちで開催すべきだと思います」

語気を強めたが、他の学芸員からの反応はうすかった。

史絵は簡単にプレゼンを終えて、席につく。

女性が輝く社会をつくる――それが、白石グループが掲げる理念だ。

創業百年の歴史を持つ白石グループは、SHIRAISHIをはじめとするコスメブランドを展開し、健康食品なども販売している。美をキーワードにした芸術やスポーツの支援も行なっており、白石美術館の運営はそのひとつだ。

けれども、理念はあくまで理念である。

「ありがとうございます。なにか質問は？　なければ、つぎに進めます。田仲《たなか》さん、お願いします」

その名前を聞いて、史絵は小さく息を吐いた。

唯一の男性学芸員である田仲は、細身のジーンズに水色のシャツをインするという爽やかな服装である。史絵と同じ年齢で、二人とも五年前から白石美術館で働いているにもかかわらず、彼だけがスピード出世し、主任として正規雇用になった。

上長に対して立ち回りがうまく、いつのまにか水面下で彼の優位になっていることが多い。これは負け戦かもしれない。

「私が提出したのは、北斎《ほくさい》や広重《ひろしげ》といった有名絵師の浮世絵を広く扱う、テレビ局主催の展覧会です」

「田仲さんの専門なのは分かるけど、うちで浮世絵っていうのは……」

「新しい来館者層を開拓することも目的です。それに碧波《あおなみ》市には、うち以外の美術館がありませんから、市民を教育していくことも大切かと」

涼しげにほほ笑むが、上から目線の言葉づかいが耳にざらつく。

「分かりました、ありがとう」

課長は説明を聞き終えると、まわりを見回した。

「他の案はありますか？　なければ最後に、私からの提案を話します」

異論はなく、史絵はすでにメールで全員に送信されていた資料に視線を落とす。

ヨシダカヲルという、碧波市出身かつ在住、八十歳の女性画家の個展だった。

ペンを弄びながら、記憶を探る。

戦後の女性画家として、それなりに名を挙げられる人だ。しかし今では、いわば「消えた存在」であり、その作品をすぐには思い出せない。

「うちにも何点かコレクションがありますし、今は碧波市で制作をつづけていらっしゃるそうで――」

「完全な自主企画ということ？」

説明をさえぎったのは、課長のとなりに座る五十川《いそがわ》副館長だった。

「ええ、でも地元の新聞社に声をかければ、協賛はつくと思います。というのも、ヨシダさんは白石理事と古くから親交があるそうで……じつはこの案は、理事ご自身によるアイデアなんです」

ざわめきが波紋のように広がる。

理事が企画を？

白石理事と会ったのは、辞令交付や内覧会のときなど、数えるほどしかない。

印象に残っているのは、理事が履きこなしていたハイヒールである。あんなに華奢《きゃしゃ》なハイヒールを、理事のように七十代になったときはおろか、史絵は今の年齢でも履きこなせる自信がない。

「みなさんご存じの通り、理事はあと二年で任期を終えて引退されます。最後にどうしてもやりたい、と私に直接この案を打診しにこられたんです」

白石美術館は理事夫婦の尽力で開館し、夫婦が集めた作品がコレクションの母体になっている。しかし数年前、長らく闘病生活を送っていた夫が亡くなり、白石理事もグループの経営から手を引いて、息子に引導を渡したと聞く。

「どうしてまた？」

副館長の質問に、課長は首をふった。

「さぁ、それは私にも分かりません」

「厄介だな。白石さんがわれわれ学芸員の領域に立ち入るのは」

よほど口出しされたくないのだろう、渋い表情だった。

敬称のつけ方を気にかける組織のなかで、理事を「さん」付けで呼ぶのは、五十川副館長くらいだ。

「それにヨシダカヲルといえば、たしかに僕の世代の専門家なら知ってはいるけど、今更とりあげるべきだろうか？　あの人が第一線を退いたのには、いろいろと噂《うわさ》があったように記憶してるよ」

課長は肯《うなず》きつつも、渋い顔で「真相は分かりませんが」と答える。

「正直なところ、私もはじめは懐疑的でした。でも今は、開催する価値があるのではないかと思っています」

副館長は眉をひそめたあと、声を低くして訊《たず》ねる。

「理事の意志とは関係なく？」

「はい、私の意見として、です」

課長はきっぱりと答え、両手を机のうえに重ねた。

「さきほど少し触れた通り、ヨシダさんは一線を退いてから、山奥にこもって作品をつくりつづけていらっしゃるそうです。聞いたところによると、電話もつながらないとか。情報過多な時代だからこそ、流行《はや》りのアーティストや有名な作品を持ってくるよりも、そういった作品を見せる意義があるんじゃないか、と」

「でも、将来がある若者ならまだしも、おばあさんだよ」

「碧波市に暮らすのは、若い人よりもお年寄りの方が多いですよね。私はそのことを、どこか他人事《ひとごと》のように、悪いことだとずっと捉えていました。でも実際、若者の流出は止められないし、老いは誰しもに訪れます。それに……」

そこまで話すと、課長は目を伏せて笑みを浮かべた。

「ご存じの方もいますが、私は市の中心から離れた一軒家で、娘と暮らしています。はじめは心配事も多かったんですが、近所のお年寄りの方々によく助けられています。ヨシダさんのように、この町に長年深く根を下ろしてきた方の表現であれば、関心を持つ人や励まされる人もいると思うんです」

課長がシングルマザーとしての一面を仕事中に見せることや、誰かの案をここまで強くプッシュすることは珍しい。まして白石理事は、学芸業務に口を出す立場にない。副館長だけでなく、その場にいた全員が息を呑《の》み、話に聞き入っている。

「いいんじゃないでしょうか」

加勢したのは、課長のつぎの肩書がついた女性学芸員だった。

つづいて何人かの職員が賛同する。

所蔵品が多いので予算を抑えられるだろうという意見や、準備期間が一年半しかないので、ある程度つながりがあって物理的に近いところで制作するアーティストの方が助かるのでは、という意見があった。

多数決がとられ、ヨシダカヲルの個展にもっとも手が挙がった。

五十川副館長は腕組みをしながら、無言でその様子を見守っていた。

「では、この結果を理事会で報告しておきます。正式に承認が下りれば、まずはご本人に交渉することからはじめましょう。ヨシダさんとの連絡手段は限られていますので、まずはご自宅を訪ねることになると思います。担当者は不便かもしれませんが、社用車を使っていいとの話でした。では、つぎの議題にうつりますが——」

史絵は、ヨシダカヲルという女性画家に興味を惹《ひ》かれるものの、どこかすっきりしない心境だった。

会議室の窓からは、都心から新幹線で一時間ほどの地方都市、碧波市が一望できる。市内では随一の高層ビルの最上階なので、天気によっては海まで見えるが、都心の眺めとくらべればどこか物足りない。

課長の言う通り、都会になくとも美術館にできることは沢山あるだろう。でもこの町はそもそも美術館を必要としているのか。アートと町をつなぐための場が美術館だとすれば、このままではいけないという焦りは漠然とあった。

――こんな地方に美術館なんてあっても仕方ない。

以前、ネットの口コミにそう書かれているのを見かけた。地元民による投稿だろう。白石美術館を公立の施設だと勘違いして、他に税金を使うべきところがあるというニュアンスが伝わった。

史絵はその一言をことあるごとに思い出してしまう。白石美術館が地元民に歓迎されていないとしたら、果たして自分は、こんな場所に留《とど》まるべきなのだろうか。三十二歳の誕生日が目前に迫っているのに、時間を浪費しているのではないか。

都内の美術館に勤めていた頃は、展覧会を立ちあげるたびに、こちらから宣伝しなくてもテレビや雑誌の取材を多く受けたし、海外からの関係者もやってきた。批評家からの反応も、賞賛ばかりでなくとも励みになった。

しかし白石美術館では、大手新聞社などのメディアがパッケージ化した巡回展に参加するのが主なやり方で、稀《まれ》に自主企画をしても取材や来館者の感想も少なく、手応えが感じられなかった。

会議の片付けのあと、課長から「貴山さん、ちょっといい？」と声をかけられた。照明を半分落としたオフィスで、その声色はさきほどよりも穏やかにひびく。

「先週は大変だったわね。その後、体調はどう？　これからは、健康診断のスケジュールが展示準備期間とかぶらないように、総務課にも伝えておいたから」

課長は机上の赤い革の手帳に手を置いて、史絵を見つめる。

「ご心配をおかけしました」

笑顔で答えたものの、先週は本当にきつかった。開幕する直前で、メインの担当者が他館にうつってしまい、ヘルプに入ったものの、てんてこまいだった。しかも修羅場となる設営期間中に、生理に加えて健康診断の採血まであった。

「貴山さんには人一倍働いてもらっちゃってるからね。去年度は担当展覧会がサブも含めて一番多かったうえに、学芸員実習までやってくれて。本当はもっと人手を増やせるといいんだけど。できれば、常勤の枠も増やして」

もっと背が高かったら、もっと一日が長かったら、というのと同じ調子で、課長は独り言のように呟《つぶや》いた。

「いいんです。私こそ勉強できてありがたいです」

「ありがとう。ところで、白石美術館に来てから、生きてる作家の展覧会を担当したことってなかったわよね？」

思わず史絵は「生きてる？」とオウム返しする。

「ごめんごめん、へんな言い方しちゃったね」と課長は笑った。「つまりオールドマスターじゃなくて、現代アートのってこと」

史絵も笑い返しながら答える。

「そういうことですね。サブではありましたが、メイン担当としては一度も」

「来年度のメイン担当も、まだ決まってないでしょ？」

肯くと、予想は的中した。

「ヨシダカヲルさんの展示は、あなたに担当してもらいたいんだけど、どうかな？　準備期間は一年半を切っているから、そんなに腰を据えて準備はできないけど、将来のためにも作家と二人三脚で立ちあげる企画を経験しておくのは悪くないはずよ」

即答はしなかった。

ヨシダがどんな作品をつくっているのか、少しは興味がある。それでも「女性による表現」という自分が長年取り組んできたテーマが、だんだんと信じられなくなっていた。それに、他にも同じような専門のスタッフはいるのに、なぜ私なのだろう——。

「分かりました、頑張ります」

疑問を飲みこんでほほ笑むと、課長は真剣なトーンになった。

「現代のアーティストの展覧会を立ちあげるときに一番大切なことは、相手にどれだけ心を開けるかだと思う。つい仕事だからって建前ばかり口にして、適当に流してしまう場面もあるかもしれない。アーティストはそういうのに敏感な人種だから気をつけてね。逆に、こちらが心をひらけば、思ってもみなかったすばらしい体験をさせてくれることもあるから、ぜひ頑張ってほしい」

思ってもみなかったすばらしい体験？

戸惑っていると、課長は赤い手帳をひらいた。

「まずは、ヨシダさんのアトリエに行ってもらうことになるけど、サブには深瀬《ふかせ》さんに入ってもらおうと思ってる。教育普及室の所属だけど、まだ来年度の担当は決まっていないみたいだから」

「真子《まこ》ちゃんですね、分かりました」

「じゃ、まずは室長に話を通しましょうか」

課長は館内用の子機を手にとる。

教育普及室長からの許可はすぐに下り、課長はつぎに、深瀬真子本人に電話をかけた。呼びだしてから一分も経《た》たずして、真子が会議室に顔を出す。

「お待たせしました！」

丸みのある黒髪ショートボブがトレードマークで、自己紹介のときに「中学のときからこの髪型なんです。漫画の『まことちゃん』に似ているからって、ずっとまことちゃんって呼ばれてました」と笑って説明してくれた。といっても今の彼女は、個性的なデザインのシャツに大きなイヤリングをつけているので、まことちゃんというよりアート系の子だと一目で分かる。

真子は課長からヨシダ展のことを聞くと「ぜひ担当させてください」と目を輝かせた。

2

ミーティングが一区切りついたのは、終業の六時近かった。窓の向こうの夕焼けに、ずいぶんと日が長くなったと感じ入る。展示替えやイベントがないので、学芸課は閑散期だった。真子との打ち合わせを早々に終えて、史絵はオフィスを出た。

「けっこう所蔵されていましたね」

ともに駅まで歩きながら、真子は言う。

「本当に。あるのは知ってたけど、こんなに多かったとはね」

夕方、史絵は真子と最初の打ち合わせをした。そこで、作業工程やアトリエを訪問する日時を決めた他、白石美術館に所蔵されたヨシダ作品を、ざっと確認した。

意外にも数十点あった。ほとんどが三十代後半までに描かれており、最近のものは一点もなかったが、作風はじつにさまざまだった。

「ヨシダさんの作品について、貴山さんはどう思いました？」

「近代絵画の歴史を辿《たど》ってるみたいだった」

言ったとたんに、白けてしまう。

以前、長く活動をつづけている高齢の画家から、若い頃は風景から人物まで、あえてスタイルを定めずに描いていた、という話を聞いたことがあった。だからヨシダも、そうなのではないかと枠にはめた感想だった。しかし学芸員になってから、まっさらの目で作品を見られなくなったことを、ときおり残念に感じる。過去の事例と結びつけて、勝手な解釈をここ ろみる悪い癖は、もう治らないかもしれない。

ヨシダの作品を、本当はどう思ったのか――。

一瞬、心の奥底でなにかが光った気がしたが、もう目を凝らしても分からない。

「さすがですね！」

真子の声でわれに返る。「私なんかなにも分からないので、最近はどんな絵を描いているのか、単純に気になりました」

史絵は苦笑を浮かべつつ、肯く。

「そうだね。八十歳を超える老女性画家が人知れず描くものとは――みたいなキャッチフレーズが浮かびそう」

しばらく黙って歩いていると、とうとつに真子が切り出す。

「今朝の課長の話、ちょっと感動しました」

「今朝って、会議のとき?」

「はい、企画書のプレゼンです。あんな風に課長がこの町のことを考えてくれていたなんて知りませんでした。だから今回サブ担当になれて嬉《うれ》しいんです。私って作家志望だったから、美術史の知識がないことがコンプレックスなんですけど、ヨシダさんの作品の見方も少しずつ学んでいきたいなって」

「そっか」と史絵はほほ笑んだ。「私もヨシダさんの展覧会をきっかけに、白石美術館のこの町でのイメージがもっとよくなればって思ってるよ」

「本当ですか!」

「真子ちゃんの地元愛は知ってたけど、そんなに?」

「すみません、つい嬉しくて。史絵さんって都会の風が吹いてるから、いずれは東京とかの、大きい美術館にうつるのかと思っていたので」

真子の口調に嫌味はまったく感じられないが、それでも史絵は動揺した。図星であることを察知されないように気をつけながら「そんなことないよ。自然も多くて住みやすいし」と答えておく。

「ぶっちゃけ、史絵さんのサブに入れたことも今回すごく嬉しいんです。展覧会の準備にしても計画的に引っ張っていってくださるし、気遣いがあって働きやすいって補佐員のみんなも言ってますからね」

真子は美大の通信教育を受けていた頃から、白石美術館でアルバイトをしていた。ここでの勤務歴は史絵よりも長く、働きぶりもいい。しかし真子はいまだに、週四日勤務の時給制で、〝補佐員〟という肩書である。

女性が輝く社会を、という理念のわりに、非正規雇用の女性職員は多い。そういう史絵も学芸員と名乗りながら、毎年契約を交わす嘱託職員だ。更新は無制限なので、かろうじて常勤のように働けているものの、病気などの際には、補償に多くの制限がある。

「ありがとう、お世辞でも嬉しいよ」

「本心ですから！　英語もフランス語もペラペラだし堂々としてるし、カッコよくてきれいだし憧れちゃいます。史絵さんが主任だったら、うちの美術館ももっと平和だったんだろうなぁなんて……」

史絵が黙っていると、真子は口を手で覆った。

「やだ！　私ってば」

「ううん。田仲くんって、やっぱり補佐員さんのあいだでも評判悪い？」

「よくはないですよ」

今までも補佐員たちから悪い噂を耳にしたことはあった。田仲が中心となる展覧会のサブに入るとたいてい、とんでもない目にあわされるとか。田仲の分まで必死に動きまわって開幕させても、結局は「俺の手柄だから」みたいな言い方をされるとか。

田仲は史絵と同じく、碧波市出身ではない。白石美術館に就職したのは、五十川副館長の采配らしい。大学院の頃にお世話になった縁で、直々にお呼びがかかったと聞いた。よく二人で飲みにも行っているようだ。

　真子はとりなすようにフォローを入れる。

「とはいえ田仲さんも田仲さんなりに、いろいろと事情があるみたいですけどね」

「事情って？」

「このあいだ、収蔵品リストの整理を手伝ったお礼にって、ご飯をおごってもらったんです」

「え、ご飯？　二人きりで？」

「田仲さんって軽いノリで、アルバイトの私たちに、今度おごるからさーってよく言うんですよ。雑だなって思うけど、美味《おい》しいお店には詳しいから、気軽についていったんです。そしたら、ちょっと高いお寿司《すし》をご馳走《ちそう》してもらって。そのときに本当は大学の研究職に戻りたいんだって言ってました。でもせっかく拾ってくれた副館長への恩義もあるから留まってるんだって」

「ずいぶんとぶっちゃけた話だね」

　真子は慌てて釘《くぎ》をさす。

「ここだけの話ですよ？　今のところ目ぼしい大学の募集が出てないから、副館長のオファーにはすごく感謝しているし、転職する予定はないそうですけどね。でもそんなに美術館の仕事をしたかったわけじゃないなら、つづけるのは大変だろうなって、勝手に同情しちゃいました」

「たしかに、そう言われると気の毒かも」

「それに白石美術館ってとくに女性が多くて女性の職場っていう感じだから、余計に居心地が悪いんじゃないでしょうか」

田仲のことを、史絵もはじめて同情した。


真子と別れたあと、一人暮らしのマンションまで歩きながら、これまでの道のりをふり返った。たまたま学芸員になってしまった田仲とは違い、史絵はたくさんの苦労を重ねてこの仕事をつかみとった。

しかし憧れた場が日常となってから月日が経ち、なぜか今ふたたびその生きづらさが大きくなっていた。わき目もふらずに山を登ってきたが、じつはてんで見当はずれの方向に進んでしまっているような焦燥感がある。

部屋の鍵を開けて、玄関に置いてある全身鏡に目をやる。

――女の子なんだから、いつもきれいにしていなさい。

母の口癖が耳によぎり、どきりとする。

その日身につけていたブラウスもジャケットも、シンプルでシャープなものだった。女性性や派手さを廃し、レースやリボンなどの装飾は避けている。自分の趣味を押し通しているのではなく、隙を感じさせないためだ。

取材や開幕式など以外の場では、学芸員はカジュアルな服装を身につけている人の方が多いけれど、史絵はあえてフォーマルを心がけている。また黒や白、ベージュやグレーといった色ばかりだ。作品の邪魔にならないし、心理的な鎧《よろい》になる。

殺風景な一人暮らしの部屋を見回す。どうせまた引っ越すつもりで借りたので、家具にこだわりはなく、書棚だけが要塞のように高く壁を占拠していた。着替えをして近くのスーパーで安くなっていた弁当を食べ、すぐさまベッドに横たわる。

夜中、相手を確認せずに電話に出ると、心臓がどきりと跳ねた。

「もしもし、史絵？　最近どうしてるの？　ＬＩＮＥも電話もずっと無視して、なにかあったのか心配になるじゃない」

久しぶりに聞く母の声だった。

史絵は身を固くし、忙しさを言い訳に謝罪しながら、電話に出たことを後悔する。

「それより、おじいちゃんの調子がまた悪くてね。施設の人ともトラブル続きで、私にも意地悪なことばっかり言うし。まさか史絵まで、私のことをどうでもいいって見捨てるわけじゃないよね？」

事情は分かるが、一方的に畳みかけられると、返事に窮する。

「そんなことない、お母さんのことは気にかけてる。ただ――」

史絵が言い終わらないうちに、母はまたしゃべりだす。

「それならいいんだけど、女は若いうちが花だからね」

なにそれ。

高校時代まで、いい大学に入り、いい企業に就職するのだ、と望んでいた。なのに、史絵が社会人として忙しくなってからは、早く結婚して、早く母親になって、と当たり前に急《せ》かしてくる。逆に、美術館での仕事は順調に行っているのかとか、体調を崩していないかとかいった質問は、一度もされたことがない。

「私だって一生懸命やってるんだよ」

苛立《いらだ》ちを隠しながら答える。

「それは知ってるよ。あなたはいつだって、全力すぎるくらい一生懸命。でもね、そういうのを要領が悪いって言うの。要領よくやれてたら、今頃、あなたも都内で常勤職に就けていたはずでしょ」

返す言葉がなかった。

学芸員の仕事は華やかに見えて、常勤職の枠は本当に少ない。募集が出ても、たいてい地方への移転を余儀なくされる。都内の有名美術館の常勤職には、まずなれないのが現実である。とはいえ、まわりには要領よく都内で常勤職を勝ちとった例もあるし、決して不可能ではないとも分かっていた。

大人になっても、自分は要領が悪くて、なにひとつ母の望みを叶《かな》えられていない。

「あなたって本当に――」

「やめてよ！」と叫んだ。

「お母さんは史絵のためを思って言ってるのよ」

「嘘《うそ》だ、全部ただの八つ当たりでしょ」

自分の大声で、目が覚めた。

なんだ、夢か。ほっとしながら白んだ窓の外に目をやる。安心したのもつかの間、現実に引き戻されるうちに、少しずつ恐怖に変わった。

この歳《とし》になってまで、母の夢を見るなんて。

しかも、せっかく課長から新しい展覧会の担当を任命され、これから頑張ろうというタイミングなのに。実際に母から連絡があったわけでも、なにか言われたわけでもないのに。起床するには早すぎる明け方だったが、悪夢の余韻から逃れるように布団を抜けだした。

3

碧波市の地形は、細長い三角形になっている。底辺には駅や白石美術館といった市街地があり、北の頂角へ向かうほどに民家は減って山深くなる。同じ市内といっても、南は海の町で、北は山の町だ。

ヨシダがアトリエを構えているという住所は、奥碧波と呼ばれるエリアのなかでも奥の方だった。地図アプリで検索すると、小刻みに蛇行する細い山道を一時間半車で走ったところのようだが、当然ストリートビューには対応していない。

時間をかけて辿りついたものの、本人が不在だったり、門前払いされたらどうしよう。課長に遠まわしに不安を訴えると、そうなったら改めて考えればいいので、とりあえず行ってみてと押し切られた。

ゴールデンウィークが明けたばかりの平日で、すがすがしい初夏の陽気に恵まれた。早めのお昼を済ませ、史絵は真子とともに準備した資料を持って、社用車である銀色のカローラで出発した。

運転席に座った真子は、慣れたハンドル操作で市街地を走らせる。車窓から見える風景は、すぐに郊外のそれに変わった。鮮やかな緑に包まれた初夏の山を背景に、駐車場の広いチェーン店や一軒家がくり返され、広い道路脇を歩く人はほとんどいなくなる。

「真子ちゃん、運転上手だね」

「車社会で育ったから恐怖心がないだけで、家族からは不評ですよ。飛ばしすぎだし、車線変更も冷や冷やするって。史絵さんは免許をお持ちなのに、運転しないんですか？」

「完全にペーパーだからね」

「ペーパー講習とかありますよ」

「でも維持費とかかかるでしょ？」

またしても本音を隠してしまった。

「彼氏さんとドライブとかしないんですか」

「彼は免許すら持ってないよ」

会話をするうちに、カローラは幅の広い県道から川沿いの旧街道に入った。家々には間隔が生まれ、道沿いに田んぼや畑、工場などが目立つようになる。橋の近くの河原では、子どもたちが水浴びをしていた。

「のどかな場所だね。この辺り、真子ちゃんは来たことある?」

「よく来ますよ。母方の実家も近いですし、年に一回は家族で温泉に入りに」

「へー、仲いいね。うらやましい」

真子の両親は、娘のためにオフィスまでお弁当を届けにきたり、イベントに揃《そろ》って参加してくれたりしているので、同僚とも顔見知りである。

「でもやっぱり気は遣いますよ。本当は独り暮らししたいけど、今のお給料じゃ心もとないので、仕方なく実家に住まわせてもらってるって感じです。転職しようにも美術系の仕事をつづけるなら、地元ではまず募集はないですし」

真子の口調は明るかったが、史絵はその話題にはもう触れないことにした。

集落が減るにつれて、二人の口数も少なくなった。道は山深くに入りこみ、町中では底が見えるほど太かった河川も、水位の高い急流となった。対向車が来ませんように、と祈るしかない崖に面した細い道を運転しながら、さすがの真子も前のめりになっている。

「道、間違ってないかな」

史絵は不安になってスマホを出すが、圏外だった。

「最後の集落から、ずいぶん離れましたよね。こんなところでよく暮らしてますね、ヨシダさん……バスとかもないだろうし、仙人みたい」

「仙女だね」

印刷した地図を頼りに、カローラは山道をのろのろと進んだ。最後に民家を見てからどのくらい経っただろう。木々の密度が急に減って、白い花をつけた新緑の広葉樹が目立つようになった。誰かが手入れをしているようだ。

木陰に隠れるようにして、木造の古い平屋が立っていた。一台だけ停《と》まっている原付の脇に駐車し、車を降りると、森閑として冷たい空気に包まれた。山深いところだが、開けた丘に面しているので木漏れ日がまぶしい。周囲の庭には、色とりどりの花が咲いていた。

そのとき平屋のドアから、一人の青年が顔を出した。

よかった、人がいて――。

安堵《あんど》した史絵は、軽く会釈をして近づくが、青年は動かずこちらを窺《うかが》っている。色の抜けた短髪で、デニムの短パンにTシャツという姿だ。デニムには穴が開いているが、デザインというよりも着古したせいだろう。

野生児、という言葉が浮かんだ。

ヨシダカヲルの孫なのか、高校生くらい、いや、中学生にも見える。平日の昼間だが、学校に行かなくてもよいのだろうか。

「とつぜんお伺いしてすみません。白石美術館の貴山という者です。こちらはヨシダカヲルさんのお住まいでしょうか」

青年はにこりともせず、こちらを警戒する。

近くで見ると、彼のTシャツに鮮やかな色の汚れがついていた。絵具だ。口をひらこうとした瞬間、青年は建物のなかに引っこんで、ドアをばたんと閉めてしまった。史絵は真子と顔を見合わせる。

数秒後、一人の高齢者が顔を出した。

性別を超越した印象は、事前に見ていた写真と同じだった。史絵よりも一回り小さく、ふっくらとした体形だ。大きめの麻地のシャツに、同じくゆったりしたズボンを履き、画材などで白く汚れた紺色のエプロンを着けている。

こちらを見つめる茶色がかった瞳は大きく澄んでおり、顔中に刻まれた深いしわは、辿ってきた人生の山や谷を想像させた。真っ白の髪を耳の上で短く切りそろえたヘアスタイルと、飾り気のない素朴な佇《たたず》まいのせいか、老夫にも見える。

「はじめまして。白石美術館の貴山史絵と申します。ヨシダカヲルさんでしょうか」

ややあってから「白石美術館？」と訊ねた。落ち着いた小さな声である。

「はい、とつぜん申し訳ありません」

しばらく無言だった。

拒絶されるのを覚悟したとき、相手はかすかに目を細めてドアを開けた。

「いらっしゃい。私がヨシダです」

なかに入る前に「史絵さん」と真子につつかれ、足元を見る。ウッドデッキになった玄関先に、自由に伸びきった植木鉢の他、大量の石ころが積みあげられている。手のひらに乗るくらいのさまざまな色の石が、麻布のうえで商品のように天日干しされていた。

「ヨシダさんが集めてきたんでしょうか」

人さし指を口元にやって、史絵はなかに入った。

木を基調とした、ログハウスのような空間が広がっていた。使いこまれた暖炉が正面にあって、床には幾何学模様の赤いラグが敷かれている。その奥にある台所で、ヨシダはヤカンを沸かしはじめた。室内には、画材の香りにまじって、かすかにカレーにも似た香辛料の香りが漂っている。

促されるまま、部屋の真ん中に置かれたテーブルの脇のソファに、史絵と真子は遠慮がちに腰を下ろした。どこかからピアノ曲がかすかに流れる室内に、テレビやパソコンの類は一切見当たらない。世の中の情報を知る手段として、唯一新聞は置いてあるが、配達員も毎日ここまで届けるのは大変だろう。

ふと、窓を見つけて、息を呑む。

いい景色――。

多肉植物の鉢が並ぶ台所の窓の向こうに、山の景色が意外なほど遠くまで広がっていた。山間部とはいえ、開けていて風通しもいいので、夏は快適そうだ。フローリングの床に落ちた点々は、よく見ると一部は外光ではなく、白や黄色といった明るい色の絵具の跡だった。

台所から声をかけられる。

「コーヒーにお砂糖とミルクは?」

「結構です、お気遣いいただいてすみません」

ヨシダは机や壁につかまって、足をかばうような歩き方をした。不揃いなマグカップをお盆に乗せたヨシダを、真子がとっさに手伝う。やっと椅子に腰を下ろすと、どこからともなくやってきた猫が、ひょいとヨシダの膝に飛びのった。史絵の身体《からだ》はこわばるが、真子は無邪気に「かわいいですね、先生の猫ですか」と訊ねる。

「先生？」

「あ、ヨシダさんのことです」

「私の猫かって？　いいえ。あなたたちにも見えるってことは、実在するんだね」

真子は一拍置いて「実在すると思います」と答えた。

ヨシダはくっくと押し殺した声で笑いながら、毛がほわほわした三毛猫をなでる。冗談だったのか、独自のユーモアだ。なんだか落ち着く。静かな室内は、時間の流れ方もゆったりとしていた。

改めて名刺を手渡し、説明する。

「今日はヨシダさんに依頼したいことがあって、こちらにお伺いしました。お時間をくださって、どうもありがとうございます。じつは当館の方で、ヨシダさんの個展を開催したいと考えておりまして」

ヨシダは困ったように眉を下げたあと、史絵たちを交互に見つめた。

「どうして私を？」

「理由はいくつかあります。碧波市を拠点に活動なさっていますし、いくつかの作品は白石美術館の所蔵にもなっています。なにより、所縁《ゆかり》のある方ですので、ぜひ市民のみなさんに紹介したいと考えています」

課長の発言を借りた、事務的な答えである。

ヨシダは黙っている。

史絵は気まずさを埋めるように、鞄《かばん》からファイルを出す。

「とつぜんお伺いしたので、まずは白石美術館についてご説明させてください。当館は十年前に開館した比較的新しい美術館でして――」

手渡したのは、館の概要や事業内容をまとめた冊子や、今開催されている展覧会のパンフレットなどだった。それを見せながら、予定している会期、展示室の仕様、カタログを作成したい旨などを、順を追って話す。

眼鏡をかけたヨシダは、概要の冊子には目もくれなかった。唯一、館内で行なわれている写実主義の巨匠、ミレーの回顧展のパンフレットには反応を示し、じっくりと隅々まで読みこんでいた。

不安になりながら、最後に訊ねる。

「いかがでしょう、お引き受けいただけますか?」

ヨシダは眼鏡を外し、サイドテーブルに置くと、しみじみと呟く。

「十年、か」

「え？　はい、十年前に開館しました」

猫の背中に手を滑らせながら、ヨシダは窓の外を見やった。

「私がここにいるあいだに、町は変わったんでしょうね」

史絵も資料をいったん閉じた。

「ずっとこちらにいらっしゃるんですか」

「ええ、ずっとね。ほとんど山から下りてない」

「そうでしたか。あの、たとえば、生活に必要なものはどうなさってるんですか」

「エイトがいるから大丈夫」

「エイト？」

「さっきの男の子です。あなた方も会ったでしょう？」

玄関先にいた、あの野生児か。

家の前に停めてあった原付は、エイトが乗ってきたもののようだ。訊《き》けば、ヨシダの制作だけでなく、家事や身の回りのことも手伝ってくれているという。しかしホームヘルパーや制作アシスタントにしては若すぎるし、さっきの態度にも疑問が残る。

「エイトさんはお孫さんとかですか」

「いいえ」

それだけ答えて、ヨシダは「エイト」と彼を呼んだ。しかしいくら待っても、彼が部屋に現れる気配はない。ヨシダはのっそりと立ちあがり、奥に二つあるうち一方の扉の方へと歩いていった。

4

扉を開けた風圧で、薄手の白いカーテンが膨らみ、新緑の風を感じた。自然光に満ちているが、決してまぶしすぎない。今いたリビングよりも広々とした、よく片付けられたアトリエだった。

やがてカーテンが元に戻り、油絵具のなつかしい匂いがする。

「ここで制作をなさっているんですね」

あとにつづく真子が、羨ましそうに呟く。

手作りであろう、シンプルな机のうえに、文字や形が記されたノートが置いてある。壁には、白い面を残したカンヴァスが立てかけられていた。その手前のワゴンには、筆や絵具、定規やハサミといった道具が収納されている。

外に面した縁側は、サンルームのように日当たりがいい。自由に伸びるガジュマルの木や、魚の泳いでいる水槽があった。

すべてを含めて、ひとつの芸術品のようだった。

カンヴァス張りをしているエイトに向かって、ヨシダが声をかける。

「美術館からいらっしゃった貴山史絵さんと深瀬真子さん。ご挨拶してください」

少し話しただけなのに、もうフルネームを憶《おぼ》えている。そのことに驚きながら、史絵は頭を下げた。

エイトは素っ気なく会釈を返すと、目を逸《そ》らした。ヨシダから資料を受けとっても、すぐにテーブルのうえに置く。

「差し支えなければ、作品を拝見できますか」

気を取り直して訊ねると、もちろん、とヨシダは答えた。

物置として使っているらしい奥の扉を開けて、エイトにあれこれと指示して作品を引っ張りだしてくれる。

ヨシダの物腰は刺々《とげとげ》しさや威圧感がまったくなく、真綿のように接しているだけで心地よかった。どんな人生を歩めば、このような雰囲気になるのだろう。いつの間にか、ヨシダに興味を抱いている自分に気がつく。

今ヨシダが描いている絵は、大きいものは数メートルの高さがあるが、小さいものはスケッチ帳くらいにおさまるサイズだった。どれもシンプルな線で構成された、ミニマルな抽象絵画だった。

なぜこんな絵を描くに至ったんだろう——。

学芸員として、そんな疑問が頭に真っ先に浮かんだ。

優しく、淡く、控えめ。

歴史に残っている著名な男性画家——たとえば、ポロックの絵具の飛沫《しぶき》がはね、見る者を圧倒するような力強い大作や、カンディンスキーの色鮮やかで野性的な抽象画とは、まったく違っていた。

静かで、内に秘められた力がある。

「こういった絵には、なにかモチーフがあるんですか」

壁にかかった数メートルの大作を指して、史絵は訊ねた。

何本もの細い直線。ピンクともグレーともつかない、淡い色彩が平行に反復している。一見して、定規でひいた正確な線に見えるが、近づくと一本一本フリーハンドで時間をかけてつむがれた、個性的な線だと分かる。

「それは、海ですね」

ヨシダは何気なく答えた。

海だと思って、ふたたび見るが、浜辺も船も魚もない。ただ、線が引っ張られているだけである。

しかし、よく考えれば、海に決まった形はあるようでない。深く底知れぬ水がうねっているだけで、人が海と名づけた海は単なる概念でしかない。なにかしら芸術の本質を突いているように、史絵には思えた。

「私は海を描くために、森を見るんです」

真子は腑《ふ》に落ちない表情で、「海を描くために、森を見る」とオウム返しした。

そのやりとりに、史絵はなつかしさを抱く。

どこで体験したんだっけ。

そうだ、昔、美術館を訪れた感覚と、よく似ている。

分からないから面白い。数字で測れない良さがある。いい成績をおさめ、いい大学に行くことが人生の答えだった高校時代の史絵に、物事はそう単純ではなく、すべてを頭で理解しなくてもいいのだと教えてくれた。生まれてはじめて、美術館で抱いた安心感や憧れが、久しぶりによみがえった。

「黄色と筆、持ってきてくれる?」

ヨシダはとつぜん、エイトにそう指示した。壁に立てかけた絵に、気になるところがあったらしい。史絵たちがいることも気にかけず、ヨシダはカンヴァスを作業机の上に平置きし、椅子に腰を据えて筆をとりはじめる。史絵たちは息をひそめて、ベテランの老画家が迷いなく絵具を重ねる様子を見守った。

この人はもし作品を発表しつづけていたら、もっと注目されていたのではないか——。

そんな俗っぽい考えが、史絵の脳裏をよぎる。

都内の美術館で現代アートのグループ展を手伝ったとき、出会った多くのアーティストが自分の売り込みに長《た》けていて、セールスマン然としていた。つくり込まれたポートフォリオを見せながら、分かりやすい言葉で自身のコンセプトをぐいぐいとプレゼンした。そんな風に前に前に出ていく性格でないと、アーティストをつづけるのは難しいのだろうという印象を勝手に持った。

けれども、目の前にいるヨシダは、てんで違う。というか正反対だった。できれば放っておいてほしい。波風立たない日々のなかで、一秒でも長く、一枚でも多く自由に描かせてほしい。それ以外に望むものはないから。そう言わんばかりの世捨て人ではないか。

手直しが一段落したのか、ヨシダは筆をそっと置いて、手をタオルで拭いた。

「ヨシダさんは、ずっと一人で絵を描かれてるんですね」

史絵は声をかける。

「主にはね。でも人はわりとよくうちに来ますね。エイトだけじゃなく、地域の人たちとか、桑園《くわぞの》さんとか」

固有名詞の唐突さに面食らったが、史絵が訊ねるより先にヨシダは腰を上げた。

「そろそろ時間かな」

ガラス戸から外に出ていく。

「ど、どこに行かれるんです?」

ヨシダは答えなかった。史絵と真子は目を合わせて、ガラス戸越しにその背中を視線で追いかける。台所で夕食の準備をしていたエイトはとくに意に介さず、アトリエに残って作業をつづけた。

「私たちも行くべきでしょうか」

真子から小声で訊ねられ、史絵は「そうしようか。邪魔だったら、ヨシダさんも戻るように言うだろうし」と肯く。

外に出ると、夕刻の谷風に切り替わっていた。温度はさらに低く、頂上の方から強く吹き下ろす。昼間は涼しくて心地よかったが、今は肌寒くさえあった。見上げると、ざわめく木々の葉の上空は、うっすらと紫色に染まっていた。

おそらく自身で切り拓《ひら》いたのであろう、小道の先を進んでいく、ヨシダの小さな背中が見えた。足元がおぼつかない。パンプスなんて履いてくるんじゃなかった。

草原が目の前に広がった。アトリエよりも低いところにあるが、同じく谷間の斜面にあって見晴らしがいい。普段は白石美術館の窓から、遠くの方で青い稜線《りょうせん》になっている山が、樹木を数えられるほどに迫ってくる。

「散歩が日課なんですね」

「そうだね」

「やっぱり山の景色を描くこともあるんですか」

「それは、難しい質問だね。たとえば人を描くために、人を見る必要はないですからね。山を見ていると、だんだん人の身体に見えてくるから」

ヨシダは自身でつくったらしい切り株のベンチに腰を下ろす。過ごしやすい時間帯に森を散策し、絵の着想を得られるまで何時間でも待つらしい。ただし、日によってはなにも描かず、ただ散歩をして葉っぱや虫や鳥を見るだけで終わるのだとか。

「見飽きませんか」

「いいえ。見れば見るほどに、新しさがあるのでね」と当然のように答える。

散歩のあと、玄関先でお礼を伝える。近いうちに再訪するために、鞄から手帳を出そうとすると、ヨシダに制された。

「私はここにいるので」

予定を決めなくても大丈夫、という意味のようだ。

「分かりました、ありがとうございます」

「ところで、ミレー展はいつまで開催していますか？」

さきほど渡したパンフレットに、ヨシダが関心を示していたことを思い出す。

「八月末までです。よろしければ一度、美術館にお越しください」

見学させてもらったものの、まだ個展をひらく承諾はもらっていない。実際に展示室を見れば、前向きに検討してくれるのではないか。それに、少しは打ち解けられたという自信もあった。

しかしヨシダは首を縦にふらなかった。

またしても黙ってしまったので、結論を急ぎすぎたと反省する。

「もちろん、気が向いたときで構いませんので」

「……検討します」

改めて挨拶をして、アトリエをあとにする。

小道の途中で、エイトが草むしりをしていた。

「お邪魔しました」

会釈して通り過ぎようとすると、あの、と声をかけられる。

「ヨシダさんの作品を人に見せて、どうするんですか」

はじめて反応があったものの、思いがけない質問に面食らう。

「ヨシダさんがやりたいって言ったわけじゃないんですよね」

こちらに答える隙を与えず、エイトは目を合わさないでつづける。

「僕たちは僕たちのペースでやってます。とつぜんやってきて邪魔しないでください。これまでも似たような人がヨシダさんの邪魔をしにきました。どうせあなたたちもあれこれ詮索して、気まぐれで連絡してこなくなるんでしょ」

エイトは一息に言い終えると、草むしりの道具をその場に置いたまま、足早に去っていった。

5

山のふもとに下りたとたん、スマホに一斉に届いた連絡は、史絵を現実に引き戻した。辺りは暗闇に沈み、県道へと曲がるところで赤信号の列ができる。テールランプの赤い光で染まった車内で、地図アプリを確かめてから、真子が「それにしても、ああいう人って本当にいるんですね」と呟いた。

「ああいう人っていうのは、ネットもテレビもなくて、外の世界から完全に遮断したところで、お金や名声のためではなく、ただ自分のためだけに長い時間をかけて、好きな絵を描きつづけている人ってこと？」

「そうそう、そうです。なんだか感動しました」

「今日みたいな時間は、現代の作家さんを担当する醍醐味《だいごみ》だよね」

これまでオールドマスターの展覧会を主に担当してきた史絵は、遺《のこ》された言葉や同時代人の証言から、つぶさにその人の影を追うしかなかった。どうやっても亡くなった人に会うことはできず、真実は藪《やぶ》のなかだった。

それに対して、すばらしい作品をその手でつくる本人に会えるのは、今を生きるアーティストとともにつくる展覧会ならではの喜びだろう。本人から話を直接聞けるうえに、制作の場にも触れられる。

「ヨシダさんのこと、もっとよく知りたくなったよ。エイトくんだっけ、あの謎の青年のことも気になるし」

「彼、ずいぶんと私たちを警戒してましたね」

「なにか事情がありそう。ヨシダさんはそういうこともひっくるめて、彼をそばにいさせてるような印象があったな」

「分かります。不思議な包容力のある方でしたね。私もヨシダさんに感化されて、なんだか久しぶりに絵を描きたくなりました。最近忙しいのもあって、もうずっといいかなって思ってたんですけど」

真子は背筋を伸ばし、まっすぐ前を見ながら言う。

彼女から最後に個展のお知らせをもらってから、もうずいぶん経っている。

「それは楽しみ。また見たいな、真子ちゃんの作品」

「ありがとうございます。最近、才能がないからとか、つくっても理想に届かないからとか言い訳をつくって、本心から目を逸らしていたんですよね。でも本当は、才能がないことも含めて自分の絵なんだなって、今日ヨシダさんの話を聞きながら考えさせられました。下手なままでいいというか。そう考えるとすごく気が楽になって、つくりたい衝動が湧きあがってきたんですよね」

真子は史絵の方を見て、にっこり笑った。

「真子ちゃんを見習って、私もペーパー講習に申しこんでみようかな。真子ちゃんにばっかり運転させずに済むし、一人きりでもヨシダさんのアトリエに車で行けるから、今後なにかと役に立ちそう」

「それは賛成です。私の友人でUターン就職した子がいるんですけど、教習所の人も優しかったらしくて、今じゃハイエースを乗り回してますよ」

信号が青になり、車は徐々にスピードを上げた。

白石美術館の地下駐車場にカローラを戻したのは、夜七時を回ってからだった。閉館時間をすぎたエントランスを、片付けと着替えを終えて帰路につく監視員のグループが歩いていく。すれ違いざまに「お疲れさまです」と挨拶を交わした。

オフィスでは、まだほとんどの職員がデスクに向かっていた。パソコンが起動画面になるまで、メールの返信やこの日の報告書のまとめ方などを考えていると、館内用子機に課長から着信があった。

「貴山さん、悪いんだけど、副館長室に来られる？」

「なにかありました？」

「副館長から話があって」

直々に呼びだされるなんて、いやな予感しかしない。

副館長室のドアを叩《たた》くと、秘書が「お待ちです」と奥を指した。

奥のスペースでは、副館長が重厚な席についていた。本棚からは、彼が広いネットワークを持ち、多くの献本を受けていることを物語るような、他館から送られてくる資料や専門書が積みあがっている。

見晴らしのいい窓からは、碧波市の夜景が広がっていた。建物の光よりも、大通りを走る車の光の方が目立つ。山をいくつも越えた向こうにヨシダのアトリエがあって、自分が数時間前まで滞在していたことが、嘘のように思えた。

副館長の脇には、課長が腰を下ろしていた。

「君にちょっと訊きたいことがあってね。今日ヨシダカヲルさんのアトリエに行ってきたそうだね？」

背筋を正し、おおまかに報告する。

ヨシダ本人に話を聞けて、今も人知れず絵を描きつづけていると分かったこと。アトリエには作品がたくさんあって、展覧会ひとつ構成するのには十分な数だったこと。ただしその変遷や本人の人生は、依然として謎に包まれていること。

最後まで聞き終わらないうちに、副館長はこう切りだす。

「単刀直入に言うと、ヨシダさんの企画はなかったことにしたいんだよ」

「えっ。どういう意味ですか」

「じつは田仲くんの企画した浮世絵の展覧会の方が、うちで開催するには適しているんじゃないかという意見があってね」

誰の意見ですか、という言葉を呑み込んで、史絵はつづきを待つ。

「ヨシダカヲルさんの名前は、それなりに知られているし、マーケットをにぎわせたという実績もある。優れた芸術家だと僕も思うけど、いわば過去の人なんだ。それに、どうも過去の噂が引っかかっていてね。あくまで噂だから真偽は分からないけど」

副館長の言う「噂」というのが気になったが、質問をさしはさむタイミングを与えられなかった。そういえば、副館長は最初の会議のときも、よくない噂があるとボヤいていたのを思い出す。

「それに、白石さんの個人的な知り合いだという理由だけで、うちで予算を割くわけにはいかない。これまでも白石さんの独断で決定するやり方はよくないと思っていたんだ。うちは白石グループの広告塔でも、ましてや彼女のお遊びでもないからね」

「はぁ……」

どうして会議の場で、その主張を押し通さなかったのだろう。

「それで君には、スケジュールが合わなかったことにしてほしいんだ」

提案されたことの真意に戸惑いを隠せず、史絵は何度か瞬《まばた》きする。

「理事はそのことをご存じなんですか」

「いや、知らないよ。だから君に相談してるんだ。ヨシダさんから展覧会を断られたというテイで報告書を上げてくれないかな」

たしかにヨシダは承諾しなかったが、やりたくないとは一言も口にしていない。自分にその資格があるのかは分からない、という謙虚な姿勢でありながら、こちらを拒んだわけではなかった。つまり副館長は史絵に、嘘をつけと指示していた。

「ヨシダさんはまだ私たちの提案を検討してくださっています。理事とヨシダさんにつながりがあるのなら、いずれ嘘は発覚するでしょうし、そうなったら私がヨシダさんの答えを歪《ゆが》めたことになります」

「大丈夫、僕が責任をとるから」とほほ笑みながら、副館長はあごの辺りをさわる。「君だって、地元のおばあさんの展覧会なんて気乗りしないでしょう？　君がやろうとしていた企画案を、もう一度検討してあげてもいい。今回が駄目でも、つぎに必ず君の企画案を通すと約束しよう」

好条件を並べられるほど腑に落ちない。

本当にそれでいいのかと、脇に座っている課長の方を見やる。すると課長は、史絵の漂わせる不信感を察してくれたらしく、小さく肯いたあと、普段と変わらない明るさで「副館長、私からもいいですか」と切り出した。

「ああ、どうぞ」

「貴山さん。副館長のおっしゃる通り、理事という立場の人が学芸業務に影響をおよぼすっていうのは、やっぱり対外的によくないのは分かるわよね？　市民のための美術館っていう方針から逸脱するから」

じれったさを抑えて、史絵は肯いた。

「でも理事の一存ではなく、現場からも開催すべきだという声が上がれば、状況は違ってくるわよ。ヨシダさんと会って、展覧会をやりたい、やるべきだと思った？」

顔を上げて、巧みに助け船を出してくれたことを感謝する。

「思いました。今日ヨシダさんの作品を目にして、単なる〝地元のおばあさん〟以上のものを感じたからです。まだうまく言語化できてはいませんが、今回の展覧会はいいものになるんじゃないでしょうか」

肯くと、課長は副館長に向き直った。

「貴山さんがそう言うなら、今回はこのまま進めてはどうでしょうか。もう動きだしてしまったわけですし、田仲さんの浮世絵展もできるようにスケジュールを調整した方が、現実的ではないかと?」

渋い表情を浮かべながら、副館長は唸《うな》った。

課長の言うことには聞く耳を持つ人である。

それにしても、ヨシダ展の開催をめぐって、それぞれが建前を持ち出しつつも、本当の思惑は別のところにあるようだ。

「あの、田仲さんのことなんですが」と、課長がいることに便乗して切り出す。

「なに?」

「どの展覧会でも、サブ担当や補佐員に多くの仕事を任せっきりだと聞きます。あれでは一緒に組まされる人が可哀相《かわいそう》です。主任という立場にいる以上、率直に言って、姿勢を改めてほしいと思っています」

副館長は目を見開くと、思いがけないことを口にした。

「だったら僕からも言わせてもらうけど、君は以前から、田仲くんに嫉妬してるみたいじゃないか。実際、田仲くんの愚痴やよくない噂を、他の職員たちに言いふらしているって聞いたよ」

「えっ、誰がそんなことを?」

「誰とは言えないけど、僕の耳にも入ってきたほどだからね。そういうのは全部、僕や楠課長に対してだけに留めてもらえないだろうか？　ネガティブキャンペーンをしても問題は解決しないから。むしろ貶《おとし》められる田仲くんの立場にもなってみなさい」

「そんな！」

　心外だった。愚痴を言いふらしたり、貶めたりするつもりは毛頭ない。補佐員たちの愚痴を聞くなかで、どうしても黙っていられない状況が何度かあったのだ。けれどもこの場では、言い訳しても墓穴を掘るだけだろう。

「申し訳ありません、以後気をつけます」

「仕事を任せっきりにしているという件については、僕からも田仲くんに話しておきましょう。ただ、学芸員の仕事っていうのは、研究職のような面もあるからね。本来、細かな雑務は補佐員に任せて、学芸員は研究に専念するという考え方も、捉えようによっては間違ってはないんだよ」

　どこか釈然としないまま頭を下げて、副館長室をあとにする。ドアを閉めると、ガラス越しに副館長が課長に笑いかけているところが見えた。なんの話で盛りあがっているのだろう。自分ばかりが損をしているようで、やるせない気分になった。

　席に戻ったものの、やり残した仕事が手につかない。終業時間はとうに過ぎて、ほとんどの職員が帰宅している。報告書をまとめようとするが、さきほど副館長から言われたことが頭をよぎり、うまく文章を書き進められなかった。

思考を切り替えるために、給湯室に向かう。

真子は帰宅したらしい。まだパソコンの画面が明るいのは、史絵と田仲の席だけだ。

給湯室から笑い声が聞こえてきた。田仲だった。

私用のスマホでおしゃべりしている傍らには、マグカップが置かれていた。総務課の女性たちがこまめに淹《い》れてくれるコーヒーだ。ガラス製ポットを見ると、一杯分にも満たない量しか残っていない。それなのに、ポットは洗われるわけでもなく、保温設定された本体に戻されている。

田仲は通話を切った。

「お疲れさまです」

声をかけても、平然とスマホをいじりつづけている。

「あ、そうだ。副館長と話した？」

どうして知っているのだろう。いや、知っていて当然か。

「まぁ、はい」

「なんて言われた？」

「ヨシダ展を引き続き担当するように、と」

田仲は驚いたようにスマホから顔を上げて、「ふうん」と呟いた。

「今日ヨシダカヲルのアトリエに行ってきたんだっけ」

田仲は主任という肩書を得るまで、同期の史絵に敬語を使っていたが、辞令交付があった直後からタメ口に変わった。今は「貴山さん」と敬称をつけているが、そのうち補佐員に対してそうであるように、「貴山」と呼び捨てになるかもしれない。

「魅力的な方でしたよ。承諾してもらえれば、充実した展覧会になると思います。女性作家という切り口でも、面白い分析ができそうですし」

するとと田仲はふっと鼻で笑ったあと、饒舌《じょうぜつ》になって言う。

「女性作家、ね。僕からすれば、女性ならそれだけで偉いのか、逆に男性作家っていう括《くく》りはないだろうっていう疑問も浮かぶよね。でも珍しいから仕方ないか。こんな田舎で女としてのいろんなことを犠牲にして人知れず描いてきたんだろうから、死ぬまでに一度は自分がやってきたことを人に見せるチャンスを与えてあげた方がいいっていう理事の考えは分かるよ。でもうちだってボランティアでやってるわけじゃないし、理事にふり回されるのは勘弁してほしいよね」

「それ、本気で言ってるんですか」

田仲は頭に手をやると、薄ら笑いを浮かべる。

「あ、別に、君の専門を否定したわけじゃなくて」

「田仲さんの浮世絵展は、開催が決まったって聞きました。よかったですね」

「情報、早いね」

こっちが言いたかった。

「副館長から、捨てるのは惜しいって言われたんだよ。俺としては、最近忙しくて企画案を出してなかったから、形式だけでもと思って提出しただけだったのに、ここまで取り上げてもらえるとは、逆に困ったよ。期待されるのも大変だわ」

愚痴っぽい口調で言い、田仲はふたたびスマホをいじりだす。

「うらやましいですけど」

「なにが？」

「私の方は、本気で練った企画案を落とされて、別の展覧会の担当になったわけなので」

つい本音が口を滑ってしまい、顔を背ける。

田仲の視線を感じた。思わず、フォローを入れる。

「でもヨシダ展をやりたくないってわけじゃないんで。誤解しないでくださいね」

「すごいね、貴山さんって」

「どういう意味ですか？」

「別に。なんか、鉄の女って感じだから」

嫌味っぽい言い方だ。早くこの会話を切りあげたかった。

「そのコーヒーポット、洗っておいてもらえます？　じゃ、お先に失礼します」

席に戻り、残りの仕事を放置してパソコンの電源を切る。家で片付けるべき書類を鞄に入れたとき、一通の封筒が床に落ちた。

今朝、机に配布されていた、健康診断の結果通知だった。机の前に立ったまま、最後に中身だけ確認することにした。ハサミで適当に封を切ると、数枚の紙が入っていて、そのうち一枚は項目別の結果を記したものだった。

表のなかで「問題なし」を意味する空欄がつづくが、ひとつだけ「要検査」の文言が目立っていた。有料のオプション検査であり、今年度はじめて受けることにした、婦人科の検査項目だった。

【「要検査」……速やかに専門の医療機関で精密な検査を受けられることをお勧めします】

見なかったことにして、史絵は封筒に戻した。

Ⅱ

1

平日夜の新幹線は、仕事を終えた会社員の体臭と、アルコールやつまみの臭いでよどんでいる。史絵はマスクをつけ、パソコンの作業に意識を向けていたが、スマホの画面が明るくなって、集中力が途切れた。

〈ごめん、会議が長引いてて遅くなりそう〉

天野《あまの》雄介《ゆうすけ》からのメッセージだった。

同じく学芸員として、都内の美術館に勤めている恋人だ。

史絵はスタンプを返したあと、パソコンに手を戻す。けれども、急に疲れてしまい、息を吐いて画面を閉じた。いつのまにか、寝落ちしていた。

東京駅から地下鉄を乗り継いで、文京《ぶんきょう》区の閑静な住宅街に向かう。

築年数も新しいうえに最上階。一人暮らしの学芸員にしては家賃高めの物件である。史絵が泊まりにきても大丈夫なように、という心遣いも感じるが、実家の財力に圧倒される。片付けられたリビングを見て、実家の母が来ていたのかな、と思う。

「ただいま。って、久しぶりに言えて、嬉しいわー」

雄介が帰宅したのは、九時を回ってからだった。

「ごめん、なにも作ってなくて。疲れててさ」

どうして謝ってるんだろう、と口に出してから思った。

「大丈夫。そう思って、買ってきたから。でも、せっかく広いキッチンがあるのに、勿体《もったい》ないよね」

「自炊してみたら?」

冗談めかして言うが、雄介はそれに反応を示さず、しみじみと呟く。

「帰ったら史絵が待っててくれてるって、やっぱりいいな」

鞄を置いてコートをハンガーにかけると、電子レンジで弁当を温める。

「なんか機嫌いい?」

「いいニュースがあるから、あとで報告するよ」

箸を割りながら、雄介は弾んだ声で言った。

「前に話してたウィーン美術史美術館との交渉が進んだ?」

「そうじゃなくて、史絵にとっていいニュースなんだよ。俺にとってもだけど」

史絵は飲み物を持って、向かい合って腰を下ろした。

テレビのボリュームを下げ、雄介が切りだす。

「世《せ》田谷《たがや》区のシブヤ美術館で、学芸員の募集が出るみたいなんだ」

「本当に？」

「うん、今日たまたまシブ美の課長さんがうちの館に来て、いい人材を知らないかって立ち話で訊かれてさ。近いうちに公募されるらしいけど、内実は一本釣りなんだって。専門は近代フランス絵画で、勤務経験のある即戦力がいいけど、管理職クラスじゃない若めの女性がいいらしい」

「すごくいい話じゃない」

「でしょ？　史絵にぴったりだなと思って、課長さんに心当たりがありますって史絵のことを推薦しておいたよ。現状、いい人材が見つかってないから、ぜひ声をかけてみてほしいって言われた」

「ありがとう」と答えてから、史絵は急に不安になる。「でも仮に採用してもらえるとしてもいつからだろう？」

　都内に戻りたいというのは、白石美術館にうつった当初からの希望だった。だからこれまでも、雄介だけでなく他館にいる友人にも、どこかでチャンスがあれば声をかけてほしいと根回ししていた。シブヤ美術館ならこれ以上ない候補だ。

　しかし同時に、ヨシダカヲルのことがなぜか頭をよぎった。自分を信頼してくれている真子や、なにかと気にかけてくれる課長のことも浮かぶ。

　いやいや、心配することはない、とすぐさま打ち消す。まだヨシダ本人に承諾してもらったわけでもないし、確実に開催されるとも決定していない。学芸員にとって勤務先が変わることだって、決して珍しくない。

「交渉の余地はあると思うよ。向こうの都合も分からないしね。これが先方から届いた募集要項の詳細。内密にっていう条件で送ってもらったんだ」

彼から受け取ったスマホに目をうつし、史絵は固まった。

記載されていたのは常勤職員ではなく、非常勤職員の募集についての要項だった。

五年契約。更新なし。社会保障はあるが、産休や育休はなさそうだ。

「……契約なんだね」

冷たい声になってしまい、雄介は励ますようにフォローを入れる。

「いや、ちゃんと読んだ？　よくある産休代理みたいな一年間じゃなくて、五年間もあるんだよ？　それだけあれば、都内のどこかで常勤の募集が出るでしょ。史絵くらい優秀なら引き抜きだってありえるかもしれない。いや、きっとあるよ」

無責任に言わないでほしい。

しかし反論すれば、雄介の機嫌も悪くなる。

せっかく貴重な休みを使って東京まで来たのに、喧嘩《けんか》なんかになったら本末転倒だ。ぐっとこらえて、史絵はほほ笑む。

「ありがとう、考えてみるね」

「前向きにね。とりあえず、東京に戻ってこられるんだから。シブヤ美術館だけじゃなくて他館にも足を運びやすくなるし、他に空きが出れば情報も回ってくるって。史絵は可愛《かわい》いし優秀なんだから、踏みだしてみないと分からないよ」

可愛い、という言葉がもやもやを膨らませる。

しかし雄介は、あえて明るくしゃべりつづける。

「こういう人事って、結局は人と人のつながりだと思うんだよね。俺だって、長沼《ながぬま》先生がいなかったら今の自分はないもんな。逆に言えば、長沼先生の一言でここまでやって来られたわけで。そういう出会いって大事だよ」

「長沼先生、か。元気なの？」

「うん、このあいだ家に呼ばれたけど、退官したのにピンピンしててさ。奥さんもいつもの調子でたらふく食べさせられて、いつまで俺のことを学生扱いするんだか。あそこに行くときは覚悟してるよ。よかったら、つぎは史絵も一緒にどう？」

長沼先生とは、史絵と雄介が入っていたゼミの指導教官である。美術史学科で数少ない男子生徒だった雄介は、学部一年生の頃から長沼に気に入られ、今もなにかと世話になっているようだ。

もちろん、雄介が今のポジションに就けたのは、本人の実力でもある。誰よりも学業に打ちこんでいた雄介のレポートは、入学した当初からピカイチだった。しかし当時の雄介は、大学院を出たばかりで留学経験もなかった。自他ともに認める通り、長沼の力添えがなければ、東京西洋美術館の常勤職に採用されたはずがない。

「私はいいよ。嫌われてたし」

「考えすぎだって。史絵から距離を置いてただけじゃん」

雄介は苦笑しながらフォローする。

「ありがとう、じゃ、つぎは誘って」

しかし「嫌われている」という感覚は、決して考えすぎではないだろう。

ジェンダーの視点から近代美術史を研究してみたい、という史絵の相談に、長沼は難色を示した。

——フェミニズム的な主張なんて、一過性の流行りだよ。

卒業論文はかろうじて受理されたものの、講評会も後味が悪かった。

長沼から気に入られる内容を選ぶべきだったのか。しかし女性の先輩のなかで、雄介のようにとは言わないまでも、長沼のおかげでとんとん拍子にうまくいった人はいない。同じ学《まな》び舎《や》からスタートしたからこそ、雄介との差がひらいていくことに、複雑な想いを抱いてしまう。

雄介はため息を吐《つ》いて、史絵の目を覗《のぞ》きこむ。

「難しく考えることはないって。最悪さ、五年間のあいだにつぎの勤務先が見つからなかったら、専業主婦でいることもできるんだから」

「いやいや、結婚もしてないのに」

「だから、結婚しようってこと」

思いがけない一言に、史絵は目を見ひらいた。

黙っていると、雄介は手を頭にやって補足する。

「今すぐってわけじゃないよ。でも史絵が東京に戻ってきてくれるなら、結婚もできるじゃない？　ていうか、結婚しない理由がなくなるってこと。俺も史絵ともっと一緒にいたいしさ。こんな風にいつもバタバタして会うんじゃなくて、また二人で暮らしたいんだよ。だからそのことも含めて検討してほしい」

「……分かった」

「バラの花束とかワイングラスのなかに指輪を隠したりとか、特別な演出があった方がよかった？」

「ううん、突然だったから」

「でもずっと考えてたよ」

「ありがとう」

真剣さを疑っているわけではない。

――東京に戻ってきてくれるなら、結婚もできる。

そのくだりが引っかかった。

雄介は週末婚をするつもりがない、ということだった。

私の時代は、女が絵で食べていくなんて考えられませんでした。画壇でも評価されるのは男ばかり。大学で絵を学んでも家庭に入るしかない。だから絵を描きつづけるための唯一の方法は、金銭的に余裕のある人との結婚でした。むしろ才能のない男たちは、女は養ってもらえるから絵を描きつづけられて呑気《のんき》なものだと嫌味を言ったものです。でも私は誰かに依存して生きるのが嫌でした。

心を動かされている自分がいた。

ヨシダの過去のインタビュー記事は、国会図書館でかなりの数を集められた。故郷や生い立ちについて述べたものは少ないが、ヨシダが「戦ってきた女性」であることは、予想していた以上に伝わってきた。

「まだ仕事?」

データ保存した記事をベッドで読み返していると、雄介が寝室に入ってきた。コンタクトレンズを外して分厚い眼鏡をかけたジャージ姿の彼は、当然ながら年をとったと感じるが、こんな風に一人の相手と辛抱強く付き合ってこられたことは、史絵に自信をくれる。

ベッドの半分をあけて「どうぞ」と言う。

「ヨシダカヲルさんのインタビュー記事を読んでたんだ」

意見を聞きたくて詳しく話そうとするが、雄介は疲れているらしく「そっか」と気のない相槌《あいづち》を打つだけだった。

史絵はパソコンの画面を見つめながら、ぼんやりと思い出す。

――なんで相談してくれなかったの?

当時、勤めていた美術館の契約が切れるタイミングで、白石美術館の採用試験を受けていたことを、史絵はぎりぎりまで雄介に話さなかった。採用後に打ち明けると、祝福どころか、予想していた以上に怒られた。

今も、雄介は白石美術館での仕事をどこか軽視している。

たしかに史絵も東京に戻りたいと公言しているし、地方で暮らしたことも働いたこともない雄介には、理解しきれないに違いない。史絵も自分と彼の仕事を比べれば、どこか劣等感を抱いてしまう。譲歩するなら、史絵なのだろう。

しかし少しくらい、自分から会いにいくという発想を持ってほしい。もし逆の立場だったら、とたまに考える。たまたま雄介の勤務先が碧波市になって、史絵が都内にいたら。それでも二人の拠点は、都内になっただろうか。

「そろそろ寝ようかな」

パソコンを閉じて、脇に置く。

雄介は布団に入ってライトを消した。

「そういえば、再検査どうだった」

暗闇のなかで訊ねられ、史絵は「なんだっけ」と気がついていないふりをする。

「健康診断で婦人科の項目が引っかかったって言ってなかった？」

「あれね、まだ行けてないんだ。忙しくて」

「早くした方がいいんじゃない」

真面目なトーンの声がする。「うちの母親も、ずっとほったらかしてたら乳がんが見つかったんだよ。ホルモン治療とか、めちゃくちゃ大変そうだったから、史絵も侮らずにちゃんと診察に行った方がいいよ」

「そうだね」と史絵は相槌を打つ。

「史絵って生理のときいつも調子悪そうだから、心配してたんだよね。だからシブ美の話も悪くないと思ってさ。近くにいれば、俺もなにかと力になれるし安心でしょ。女性の社会進出が叫ばれてるけど、体力とか、子どもを産むこととか、やっぱり身体的な違いはどうやっても埋められないよ」

雄介の母親は専業主婦だ。姑《しゅうとめ》としての風は一切吹かせず、明るくて親切に接してくれるけれど、とにかく息子を溺愛し、しょっちゅうこの部屋にやって来ては、世話を焼いている。結婚すれば、付き合いも頻繁になるだろう。

「もし私が雄介の立場だったら、私とは付き合わない気がする」

「どういう意味?」

この十年、なぜ煮えきらない遠距離恋愛を切らず、自分を好きでいてくれたのか、よく分からなかった。

「ごめん、さっき結婚の話をしたから、いろいろ考えちゃって」

しばらく間を置いてから「俺はさ」と言う。

「大学の研究室にいた頃、みんなが長沼先生の言いなりになってただろ? 自分の頭で研究テーマを決めてるやつなんて一人もいなかった。俺も含めてさ。でも史絵だけはさ、先生がなんと言おうと、やりたいことを貫き通してた。そういう自分にはない意志の強さに惚《ほ》れたんだよ」

「雄介は空気読むからね」

冗談っぽく返しながら、やっぱりこの人は貴重な理解者だと再認識する。今夜はとつぜん結婚したいと言ったり、非常勤の転職先を勧めてきたりして戸惑った。それでも、やはり彼のことが好きだと実感する。

この関係を手放せば、これ以上の相手は見つからないかもしれない。

「ぶっちゃけ親からも、史絵ちゃんはどうしてるんだってうるさく訊かれるし、一人で戦ってると侘《わび》しくなるんだよ」

「だから戻ってきてほしいわけだ」

「史絵の意志は尊重したいけどね。でもたとえばさ、二人でご飯に行ったときに一緒のところに帰れないのとか寂しくない？　駅で別れて別々のところに帰っていく道中とか。新幹線に乗ってる史絵のこととか想像してたら、すっごく申し訳なくなるんだ。だから一緒にいたいよ」

一瞬口をひらきかけるが、共感も反論もすべて声にならないまま、夜の静寂に溶けていった。

2

桑園さん、とヨシダが呼んだ人物に、翌日会いにいった。

事務所があるのは、表参道《おもてさんどう》にある雑居ビルだった。エレベーターを下りると、小さなサインボードのついたドアがある。インターホンを押し、来意を告げると、ドアが開いて従業員らしい男性に迎えられた。

応接室に通され、やがて桑園が現れた。

「週末に来ていただいて、すみませんね」

抑揚のない口調で言い、桑園は向かい側に腰を下ろした。

ヨシダの息子ほどの世代といってもいい、五十から六十代くらいの男性だった。ただしその第一印象も真っ白な髪のせいで、実際はもっと若い可能性もある。交換した名刺にはコンサルタントという肩書が記されていた。

桑園のことをヨシダは「作品をもっとも多く所蔵している人物」と紹介した。いわばパトロンのような存在らしく、展覧会をすることになれば、桑園から大部分を借りることになるという。親族ともギャラリストともマネージャーとも違う、形容しがたい関係性でありながら、ヨシダは信頼を寄せているようだった。

まだ展覧会を開催すると本決定したわけではないが、まず桑園にアポをとったのは、副館長が口にしていた「噂」のことが少し気になったからである。ヨシダを昔からよく知るという第三者に、一度話を聞いてみたかった。

「こちらこそ、お忙しいなかお時間いただいて、ありがとうございます。ご連絡を差しあげた通り、このたび当館ではヨシダさんの展覧会を企画しています。ご本人には先日はじめてお目にかかり、ご検討いただいている状況です。気が早いかもしれませんが、桑園さんにもご挨拶をと思いまして」

「ヨシダさんはまだ承知していないんですね？」

「ええ、お返事はこれからです」

「分かりました」

人差し指をこめかみの辺りにやって、桑園は足を組んだ。

史絵は準備していた資料を鞄から出して、ヨシダカヲルの個展の概要を簡単に説明していった。桑園はとくに質問ははさまず、相槌を打ちながら聞いていた。途中スマホが何度か鳴ったが、気に留めていない。

「まずは、ヨシダさんとの交渉を進めてください。ヨシダさんさえよければ、希望の通りにしていただいて構いませんので」

話を聞き終えると、桑園はそっけなく言った。

「ありがとうございます。あの、ひとつお訊ねしても？」

「どうぞ」

「ヨシダさんって、白石美術館となにかつながりがあったんでしょうか」

思いがけない質問だったらしく、眉を上げた。

「地元ですし、所縁はあるでしょうね。なぜです？」

理事からの直々の企画だから、とは言えない。

「先日、アトリエにお伺いしたとき、白石美術館の者だと名乗ったら、少し驚くような表情をなさっていたので」

「なるほど。僕には分からないな」

「そうですか。そのあと見学させていただいて、とても驚きました。あんなに描いていらっしゃるのに、発表しないなんて勿体ないなって。公的な場で発表しないのは、なにかご事情でもあるんでしょうか？」

桑園は顔をしかめた。

「僕も当時のことはよく知りませんが、体調が悪くなったとは聞いています。以来、美術業界から距離を置いて、山奥にアトリエを建てて暮らすようになったとか。ヨシダさんにとって描くことは、一種のリハビリテーションだったのかもしれません」

「それは存じませんでした。先日、ヨシダさんが近年に描いた作品を見て、ぜひうちで展示をして、多くの人の目に触れてほしいって思ったんです。ただ、そのことが負担にならないといいんですが」

率直に伝えると、桑園ははじめて笑みを浮かべた。

「僕からひとつだけ助言するなら、ヨシダさんは完璧主義です。たとえば、アトリエに新作が三点あったとすると、彼女は僕に、壁にかかっているのは完成しているけど床に平置きしてある二点は捨てておいてくれって言うんです。僕にはどれもいい作品に見えたとしてもね」

「完成しているのに？」

史絵は目を丸くして答える。

「完璧主義でしょ。だから今回も、もし引き受けてもらえたとしても、ある程度そういったアクシデントを覚悟しておいた方がいいかもしれませんね」

「今のが予言にならないように、頑張ります」

「頼もしい。若いっていいですね」

面食らっていると、桑園は真顔でこうつづけた。「ヨシダさんの過去については、ご本人から聞いた方がいいと思いますよ」

事務所を出たあと、ふと立ち止まった。

私って若いのかな――。

しかし嫌な気はしなかった。以前は若いと言われると、マイナスな意味合いで受けとっていたが、最近ではそうでもなく、むしろ嬉しいとさえ思う。若くなくなってきた証拠かもしれない。

3

七月下旬になると、館内は夏休みを迎えた子どもたちで賑《にぎ》わうようになる。子育て世代への手厚いサービスを宣伝文句にしている白石美術館では、毎月チャイルドデイと呼ばれる特別な日を設けている。その日は中学生以下なら同伴者ともども無料で入場でき、会話しながらの鑑賞も許される。

ヨシダがとつぜん白石美術館にやってきたのは、チャイルドデイの朝だった。どこか緊張した面持ちでエイトに連れられたヨシダは、足を杖《つえ》でかばってやってきた。史絵は来てくれた礼を告げて、二人と展示室を見て回ることにした。

ミレー展が開催されている会場に入ると、まずこう呟いた。

「きれいな壁ですね」

「ありがとうございます。うちは毎回、業者にしっかりと修繕してもらうように気をつけているんです」

「いい心がけです。それに、いい香りがする」

ヨシダは深呼吸した。

展覧会場はいつも以上に人が多かった。

内容は、写実主義で知られるフランス人画家、ミレーの回顧展だった。都内の美術館が企画し、国内では数十年ぶりにこれほどのミレーの作品が一カ所に集結する。名画である《落ち穂拾い》も展示されている。

そんな概要を解説しようとすると、ヨシダは人差し指を口元に当てた。

「しっ」

頭を下げて一歩下がった史絵に、ヨシダは朗らかにほほ笑んだ。

静かに見てまわる二人を見守りながら、鑑賞に集中したいのだろうと思う。けれども、周囲で走りまわったり、騒いだりしている子どもには、まったく注意しない。迷惑そうなそぶりさえも見せなかった。

危うくヨシダとぶつかりそうになっても、「おやおや」と目を細めるだけだ。

やがて《晩鐘》の展示室に入った。

別名「アンジェラスの鐘」と呼ばれる名画である。

アンジェラスの鐘とは、キリスト教会で一日三回鳴らされる祈りの合図だ。

高さ約五十センチの、薄暗い色調の絵画である。広大な農地で、うなだれて黙禱《もくとう》する二人の男女が描かれる。

太陽は沈んでいるが、雲のかかった空は薄明るい。夜明けにも見えるが、すでに農具が使用されていることから日没だと推測できる。夕焼けを背にしているので、男女は暗くシルエットになり、どんな表情をして祈りを捧《ささ》げているのかは不明瞭だ。

もっとも人気の展示室だが、空《す》いたタイミングだった。

ヨシダはベンチに腰を下ろし、無言で《晩鐘》と対峙《たいじ》する。史絵はエイトとともに、数メートル離れたところから、ヨシダが鑑賞し終えるまで待った。ヨシダは他のどの作品よりも時間をかけて、その絵を眺めていた。

そのとき、十歳くらいの少女が一人でやってきて、ヨシダのとなりに腰を下ろした。

しばらく二人は並んで《晩鐘》を見つめていた。

「この絵が好き?」

黙って鑑賞していたヨシダが、はじめて少女にそう話しかけた。

しかし少女はその質問には答えず、ぼんやりと絵を見上げるだけだ。

そのとき、史絵は以前にも彼女を館内で見かけたことを思い出す。

たしかあの子は――。

気がついたことを、ヨシダに伝えるべきかと迷っているうちに、彼女の母親らしき女性が足早に入ってきた。肩をぽんと叩かれて、ふり返った少女は、ぱっと表情を明るくした。素早く手を動かす。

「失礼しました、途中ではぐれてしまって」

母親はヨシダと、うしろに立っている史絵に頭を下げる。

少女はろう者だった。

申し訳なさそうに、母親と手話でやりとりしている。

「いつも来てくださってますよね」

史絵は首から提げているスタッフ証を見せる。母親の方も、以前に会ったことのある学芸員だと気がついたようだ。安心したような笑みを浮かべると、流ちょうな手話と声の両方で伝える。

「娘は絵が好きなんです。ここに来れば、喜ぶ顔が見られるので、いつも私も楽しみにしてるんです。今回はとくにこの絵が気に入ったみたいですね。さっきもこの絵をずっと見ていたんですけど、まだここにいたなんて。よく飽きませんよね」

少女が手話でなにかを伝え、母親が通訳する。

「この絵を見ると、音が聞こえてくるような気がするんだって言っています。この子は生まれたときから耳が聞こえないんですが、〝聞こえる〟ってどういうことか、この絵からは想像できるみたいです」

たしかに、この《晩鐘》は「音」をテーマにしている。本来、音を伝えることのできない表現方法にもかかわらず。

「目に見えないものを表現するのが、絵画ですからね」

ヨシダはしみじみと言った。史絵はふたたび《晩鐘》を見つめた。

音は「目に見えないもの」であり、神秘的な現象だ。ヨシダと少女は並んで、幻のようなアンジェラスの鐘に耳を澄ませていた。

「それじゃ、つぎの展覧会も楽しみにしています」

「またお越しください」

母娘が去った展示室で、ヨシダは史絵にとなりに座るように促した。

「じつは二十年ほど前にも、この絵を見たことがあるんです」

意外な告白に、史絵は眉を上げた。

「そうなんですか？　以前この《晩鐘》が日本に来たときですね」

「そのとき、私はもう絵筆を折りかけていましてね。でも《晩鐘》の展覧会があることを知って、気まぐれで行ってみたんです。子どもの頃から何度も、画集で目にしていたから。それで本物を見て、勇気をもらったんです。絵画も捨てたものじゃない、自分にもまだできることがあるんじゃないかって」

「ヨシダさんにとって特別な絵だったんですね」

ヨシダは今まで見せたことのない、優しい表情で肯いた。

「この名画は、よく信仰をテーマにしていると言われるけれど、それだけじゃないと思いませんか」

「たとえば？」

「生きることの尊さや儚《はかな》さ、自然とともに暮らす豊かさや過酷さ。そんなことが、重層的に描かれている」

「たしかに……見れば見るほど、時間が経つほどに、魅力が変化していくんですね」

「はい。だから山奥のアトリエに一人こもって絵を描く勇気をもらったんです。そして約二十年後、また新しい魅力に気がつきました。わざわざ会いにきた白石美術館のみなさんが

《晩鐘》の展示をしていたおかげとは、不思議な巡りあわせです」

「それで、来てくださったんですね」

ヨシダは肯いた。

「さっきの女の子にも勇気づけられました。当時の私と同じように、この絵に宿されている特別な力を受けとっていた。年齢や聴覚の差を越えてね。そう思うと、この二十年は間違っていなかったような気になれました」

ヨシダがここまで過去を明かしてくれたのは、はじめてだった。

偶然とはいえ、ミレーの絵画は二人の関係性を刺激したようだった。それまでヨシダに興味を抱きつつも、探り探りで接していた史絵も、芸術家として、また一人の人間として、信頼を寄せはじめていた。

「僭越《せんえつ》ながら、私も間違ってなんかないと思います。先日、ヨシダさんが近年描きためてこられた作品を拝見して、久しぶりに心を動かされましたから。ぜひうちの美術館でヨシダさんの二十年間を多くの人に見てもらいませんか」

別の子どもたちが展示室に入ってきた。

「子どもがこうして自由に鑑賞できる日は、どの展覧会にもありますか?」

史絵は語気を強めて答える。

「あります。さきほどの母娘のように、チャイルドデイを楽しみにして来てくださる方も多くいらっしゃいます。ヨシダさんがご希望なら、子どもを対象にしたワークショップも特別に企画できますよ」

ヨシダはしわだらけの顔に笑みを浮かべた。

「それは楽しみだ」

「ということは……承諾していただけるんですね？」

「はい」

「ありがとうございます！」

それから二人は作品だけではなく、展示室の構造を見てまわった。スペース全体の面積、可動壁の枚数、絵をかけるときの注意点など、どのように展示を行なっているのかをおおまかに説明する。ヨシダはアーティストの顔つきで話に耳を傾け、時折エイトにメモをとるように促した。

ついに最初の一歩を踏みだしたことに、史絵は興奮をおぼえつつも、ヨシダのことをますます知りたくなった。

どうして二十年前に筆を折りたくなったのだろう。人とのつながりを絶って山にこもるなんて、よほどのことがあったのではないか——。

ヨシダの誠実な人間性を垣間見たからこそ、謎は深まるばかりだった。長いブランクを経てようやく実現する、ヨシダの生涯最後になるかもしれない個展の担当者として、その答えが気になった。

4

ヨシダが帰ったあと、閉館間際に点検作業で展示室を歩いていた史絵は、一人の来館者から「貴山さん？」と声をかけられた。

ふり返ると、なつかしい女性が立っていた。

「村岡《むらおか》さん！　お久しぶりです、どうしてここに？」

ワンピースを身につけた彼女のお腹《なか》がふっくらしているのを認めて、「もしかして」と言うと、「安定期に入ったところ」と幸せそうに答えた。

「よかったですね、本当におめでとうございます」

史絵よりも少し年上の村岡は、都内の美術館に勤めていた頃の先輩だった。村岡は常勤職のキュレーターをしており、史絵と同じ展覧会チームを組んだこともある。人当たりがよく優秀なので周囲からの評価も高かったが、数年前に妊活に専念するために退職した、と噂で耳にした。

村岡のとつぜんの思い切った決断は、史絵も含めて多くの女性学芸員を驚かせた。なかなか正規職員の募集が見つからなくて苦労してきた史絵からすれば、勿体ないというのが本音だった。けれども、村岡本人の意志は固く、周囲の引き留めにも耳を貸さなかったのだとか。

「そっか、貴山さんって今、白石美術館にいるんだったね。ミレー展もよかったし、コレクションも素晴らしいね。安定期に入って、急にアートが見たくなったんだけど、足をのばした甲斐《かい》があったな」

「うちは海も近いので子ども連れにも人気ですよ。赤ちゃんが生まれたらまた一緒に来てください」

村岡は満面の笑みで「そうだね」と肯き、お腹にそっと手を当てた。久しぶりに会う村岡は、記憶のなかのどの彼女よりも穏やかだった。その姿を見て、史絵は幸せのおすそ分けをしてもらった気分になる。

「予定日はいつですか」

「年末なんだ。経過も順調で、最近は胎動を感じるんだよね」

「胎動かー、すごい。楽しみですね、本当に」

「子育てが一段落したら、また美術の仕事にも戻りたいなと思ってるんだ」

「えっ、そうなんですか」と、つい声に出してしまう。

村岡は苦笑した。

「もちろん、そんなにうまく行かないだろうけど、まずは口に出すことできっかけをつかめるかもしれないし」

「ママさん学芸員も、大勢いますもんね」

複雑な心境を読みとったらしく、村岡は真面目な顔になってつづける。

「学芸員じゃなくても、他の形でもいいんだ。厳しい世界だし。でもね、私、あのとき仕事を辞めなかったら、絶対に妊娠できなかったから、全然後悔してないんだ。むしろ結婚すれば自然に授かるものだと勘違いしてた、若い頃の自分の方がどうかしてたと思う」

「不妊治療って、やっぱり大変でした？」

「壮絶だったよ。お金もかかるし、精神的にも体力的にも。高齢になればなるほど妊娠しづらいっていうしね。貴山さんももし子どもがほしいなら、少しでも若いうちに、早めに計画した方がいいよ」

「はぁ……当事者から聞くと、重みが違いますね」

「ごめんごめん、いきなり忠告なんかして。人によっては簡単に授かるからね。でも学芸員ってとにかく忙しくて、自分の身体のことは二の次になりがちでしょ？　ちゃんとケアしてあげた方がいいよ。貴山さんは頑張り屋さんだから、とくにね――」

しかし会話の途中でＰＨＳが鳴り、村岡はどこか残念そうに「忙しいよね」と自分から去っていった。


村岡との再会をきっかけに、週末、史絵は近くのレディースクリニックに向かった。血液検査の結果から、内診もしましょうという流れになり、史絵は生まれてはじめて産婦人科検診台いわゆる内診台に乗った。

「台が上がります」

カーテン越しに声がして、ゆっくりと内診台が動いて両足が自《おの》ずと開かれた。すると天井に設置されたモニターが目の前にやって来て、超音波の白黒画像がうつしだされる。やっと終わったと安堵したら、さらに別の器具が挿入され、カラー映像に切り替わる。胃カメラのように撮影された自身の子宮は、凹凸があって生々しかった。

「はい、終わります」

素早く器具が抜かれ、内診台が下がったときには、冷や汗がすごかった。

しばらく待合室で待っているあいだ、史絵は疲労感を抱きながら、ぼんやりと最悪の事態を考える。

もし悪性の腫瘍が見つかったらどうしよう。嘱託職員として交わした契約書には、療養休暇をどのくらい利用できると書いてあったっけ——少なくともヨシダ展は担当できなくなる。いや、それ以前に転移などしていれば仕事どころではない。

やがて名を呼ばれ、診察室にノックして入った。

「子宮内膜症ですね」

テーブルを挟んで入口正面で待っていた女医が、机に置いてあった書類を指した。そして蛍光マーカーで血液検査の数値を強調しながら、「この数値は深刻です。子宮内視鏡でも診ましたが、すぐに治療が必要でしょう」と説明する。

「よく言われる症状としては、ひどい月経痛、月経時以外の腰痛や下腹部痛、排便や性交をするときの痛みなどが挙げられます。心当たりはありませんか？」

史絵が曖昧に肯くと、女医はイラスト付きの冊子を出して、病気についての説明を淡々とはじめた。子ども向けかと見まがうほど、ピンク色にあふれた可愛い挿絵がついていた。被害妄想に違いないが、いい年してなにも知らず、体調管理もできていないと呆《あき》れられているようにも感じた。

「子宮内膜症は、月経で排出されるはずの血が滞って、内膜に癒着するという病気です。出産経験のない二十代から四十代の女性には、さして珍しくありませんが、低用量ピルを処方して進行を抑えることはできても、根本的な解決は手術しかありません。放っておくと癌《がん》化する危険もあります」

「手術、ですか」

「はい。貴山さんの場合、今すぐ手術しなければならないというわけではありませんが、年齢的にこの先妊娠や出産を望むなら、卵子凍結などの選択肢も視野に入れることをおすすめします。将来のプランはお考えですか」

史絵は固まった。

「……ちょっとまだ、分かりません」

「子宮内膜症は不妊の原因になりますから、甘く見ない方がいいですよ」

不妊というキーワードは、史絵の心を大いに揺るがした。

診察室を出たあと、史絵はスマホで病気について検索した。

初潮が平均的に早まったうえに、晩婚化が進んで、妊娠出産する年齢が高くなったことを背景に、生理の回数が増えてリスクが高くなった現代病だった。女性の十人に一人がかかる病気とされ、その数は増加の一途を辿っているという。

女医が言った通り、不妊の一因とされるため、出産を望んでいる女性には早めの卵子凍結が推奨されることもある、と書かれていた。

史絵はつぎに、卵子凍結について調べた。すると保険適用外であるために、法外な費用がかかるという。サイトによって差はあるが、一回平均して五十万円程度。しかもそれだけの費用を払っても、受精卵になって妊娠に至る確率は極めて低いという。

とつぜん人生のリミットをつきつけられた気分だった。しかもそのリミットは、知らぬ間にどんどん減っていたのである。

ネットには「卵子の老化」や不妊にまつわる記事の他、内膜症に悩まされているという声が溢《あふ》れていた。多くの検査が保険適用外になるので、原因が分かっていない症状も少なくはなく、寛解は難しい。妊娠すれば楽になるとは言われているものの、子宮内膜症は不妊の大きな要因でもあるので、単純には片付けられない。

「貴山さま?」

急に声をかけられ、史絵はわれに返った。

周囲の音が戻ってくる。待合室にいた数名と目が合った。

「申し訳ありません、何度か番号でお呼びしたのですが。お会計です」

「いえ、こちらこそ、ぼんやりしてました」

スマホをしまう手が、かすかに震えていた。

5

学芸員の勤務日は基本的にカレンダー通りだが、土日も開館しているので、展示中の作品に万が一のことが起こったときに備えて、当番制で出勤する。この日、当番だった史絵は一人きりのオフィスで、溜《た》まっていた書類仕事を片付けたあと、普段は後回しになりがちなことに腰を据えて取り組んだ。

しかし気がつくと、ぼんやりと考えてしまう。

他でもない、婦人科での診察結果のことだ。

病気が見つかったことは、雄介や両親をはじめ誰にも話せず、ひそかに通院をつづけていた。手術するとなると、まとまった休暇を取得しなければならないので、ひとまず低用量ピルを処方してもらっている。一日一粒決まった時間帯に内服するのだが、体質が合わないのか、わずか直径五ミリほどの錠剤に振りまわされていた。

子宮内膜症の弊害のひとつに不妊があると知ったとたん、皮肉なもので、史絵のなかで子どもを産まずに一生を終えていいのか、という迷いが膨らんでいた。今妊娠するとしたら、雄介と結婚するのが一番現実的だろう。

けれども今、雄介から届いているメッセージに返信さえできていなかった。

〈転職の件だけど、どうする？〉

今すぐ妊活をはじめるならば、シブヤ美術館の件はそう悪くない提案だろう。雄介の近くにいれば、家事なども手伝ってもらえるし、新しい職場が忙しくなければ、治療にも専念できるかもしれない。

しかし、そんな風に物事を天秤《てんびん》にかけて、打算的に未来を選択したところで、本当に幸せになれるのだろうか。いや、そもそも幸せってなんだろう。どうすれば幸せになれる。考えるほどに、疑問ばかりが増えた。

そのとき、オフィスの扉が開く音がした。

驚いて顔をあげると、普段は見ないカジュアルな服装の課長が立っていた。

「当番、お疲れさま」

「課長こそ、お休みの日にお疲れさまです」

「やり残した仕事を思い出して。すぐに片付くんだけど、じつは娘も来てて。お邪魔してもいいかな?」

「もちろんです」

「ありがとう」

課長は廊下に向かって手招きした。現れたのは、小学四年生になる、ありすだった。手足がすらりとして、栗色の髪がよく似合う肌の白さだ。ありすの父親について、課長は詳しく語らないが、フランス人のアーティストだという噂を聞いた。

「こちらは、お母さんが一緒にお仕事している方で——」

課長が紹介すると、ありすは呆れたように答える。

「知ってるよ、貴山さんでしょ？　ミュージアム探検に参加したとき、ご挨拶したじゃない」

「あれ、そうだっけ」

課長は仕事中のテキパキした調子とは打って変わり、おそらく家族の前でだけ見せる表情で答えた。

白石美術館の教育普及室では、開館当時から市内の小学四年生全員を無料招待する、ミュージアム探検というツアーを毎年開催している。おかげで市内の若い世代たちは、白石美術館をわりと身近な存在に感じてくれているようだ。今では最初にツアーに参加した子たちも成人を迎え、なかにはアルバイトとして戻ってくる子もいる。

「あそこで待ってて」

課長がありすに促したのは、普段職員がランチをとったり、ちょっとした話しあいをしている共有スペースだった。ありすは慣れた様子で、デスクに向かい、学習鞄からスケッチブックを出して、なにやら描きはじめる。

史絵が覗きにいっても、ありすはマイペースに作業をつづけている。

「宿題？」

「いえ、地図を描いてるんです」

物怖《ものお》じしない性格らしい。はきはきと答えた。家周辺の地図で、遊びにくる友だちのために準備しているという。

子どもらしい絵の定義は難しいが、ありすの描くものは、素朴で等身大に見えた。建物や自然など、記号化して済ますのではなく、屋根や壁のデザインや色を、よく観察して特徴的に捉えている。母が学芸員なだけでなく、アーティストの血が流れていることを思い起こさせた。

ありすは地図について楽しそうに説明し、こちらまで嬉しくなった。

「あの、訊いていいですか」

会話が途切れると、ありすは思い切ったように顔を上げた。

「美術館の仕事って、大変ですか」

「どうだろう。大変なときもあるかな。でもやりがいもあるよ」

「どんなときに、やりがいを感じます?」

「展覧会が無事にはじまったときとか、美術館に届いた作品の箱を開けるときとかかな」

「へぇ」と難しそうな顔で相槌を打ったあと、すぐに別の質問をする。「一日にどのくらいの人が来るんですか?」

他にも、作品はどこでつくられるのか、どんなときに苦労するのか、どんなスケジュールで毎日働いているのか、といった質問を矢継ぎ早にした。

「将来、ありすちゃんも美術館で働くの?」

冗談めかして訊ねると、大真面目な顔で答える。

「というより、ママの仕事をもっと知りたいんです。ミュージアム探検のときは、クラスメイトが大勢いたから、あんまり詳しく質問できなくて」

「そっか、偉いね」と、思わず感嘆した。

ありすと話すのは、とても刺激的だった。それに、濁りのない目でまっすぐ見つめられると、余計な雑念を忘れる。子どもに接するのは初体験ではないのに、生まれてはじめての気持ちを抱いた。

子どもがいるって、こんな感じなのだろうか。

先日再会した村岡の、やわらかく充足した笑顔がよぎった。

「お待たせ。そろそろ帰ろうか。貴山さん、面倒を見てくれて、どうもありがとう」

気がつけば、ずいぶんと時間が経過していた。

「いえ、私こそ楽しかったです」と、史絵は笑顔を返す。

ありすは手をひらひらと振りながら、課長とオフィスを出ていった。

こんなに暗かったっけ。

一人になったオフィスで思う。

病気が分かるまでは、どちらかというと、子どもは苦手だった。出産や育児をしたいという願望も、さして強く抱いたことはない。それなのに、できないかもしれないという事実を突きつけられたとたん、やたらと後悔が頭をめぐる。

帰宅前、課長のデスクに書類を提出しようとしたとき、ふとデスクを分けるパーティションに留められた、一枚のカードが目に入った。そのメモは、おそらく何年も前に、ありすから書き送られたイラスト付きのカードだった。

——おしごと、がんばってね。

つたないひらがなの横には、課長とありすの笑顔が並んでいる。

今までも、用事があるたびに目に入っていたはずの、上司のデスクに飾られた、なんてことのない小さなカードだった。しかしこの日暗くなった一人きりのオフィスでは、愛に満ちた宝物に思えた。

多くの人にとっては当たり前に授かるものでありながら、そこから外れたとたんに、どんなにお金や努力を費やしても、手に入るかどうかは不確かな宝物。

マンションまでの帰り道、史絵は雄介に電話をかけた。

休日だったらしく、五回ほどのコールで「もしもし」という声が聞こえてきた。

「さっきメッセージ見たよ。シブヤ美術館の方に応募したいって伝えておいてもらえないかな」

「マジで？」と雄介は明るい声で答えた。「俺もその方がいいと思ってたよ。二人で暮らせる大きな一歩だね」

「うん、ありがとう」

「正直、断られると思ってた。本当にいいの？」

「このあいだの話、じっくり考えてみたんだ。やっぱり雄介の言うことも、一理あると思ってさ」

電話を切ってから、史絵は横断歩道を渡る。大通りの向こうには、碧波市の暗い夜が広がっていた。夜の海に放り出されたような、心もとない気持ちになる。いつかは慣れると思っていたが、その「いつか」は来ないかもしれない。

Ⅲ

1

九月とは思えない日差しで、ダッシュボードの表面は火傷《やけど》しそうな熱さだった。

「普通に運転できてますよ」

助手席にいる真子が、改めて褒めてくれる。

「教習に行った甲斐があったわ」

のろのろ運転ではあるが、ずいぶん勘を取りもどしていた。この日は練習として、真子にナビをお願いして、史絵がハンドルを握っている。次回は史絵一人でも、ヨシダのアトリエを訪問できるだろう。

山道に入ると、窓から吹きこむ風が、夏の終わりを感じさせた。

シラカバやブナといった広葉樹はまだ茂っているが、前回訪れたときの新緑と比べれば淡く、黄色に近づいている。

「これからは定期的にアトリエに通うんですよね？」

「ヨシダさんが了承すれば、だけど」

運転を学び直したのも、そのためである。

まずは、ヨシダの信頼を得ること。それが展覧会の第一関門だった。むしろ、それさえクリアすれば、その先はスムーズに進むだろう。

今を生きる人の展覧会をするとき、キュレーターはその人の人となりや考えを知らなければならない。相手から話を聞きださなければ、展覧会の構成を組むことも、紹介文を書くこともできないからだ。

しかしヨシダは、電話もメールも使わない。何十年というブランクを経て、ついに個展をひらく決意をしてもらったうえに、史絵にとって初対面の相手である。それに加えて、史絵は現代作家と仕事をした経験が浅い。

そこで、時間を惜しまずアトリエに足を運び、ヨシダのことをまず知ることからはじめようと、夏のあいだに決めたのだった。どんな生活のスタイルを好むのか。日常と制作がどのように結びついているのか。焦らずじっくり理解しよう、と。

「てっきりインタビューというか、図録の写真を撮ったり、そういうことからはじめるのかと思ってました」

「そういう人もいるだろうけど、ヨシダさんとは他愛のないおしゃべりとか、日々のお手伝いなんかをさせてもらう方が、創作の核心に近づける気がするんだよね。遠回りかもしれないけど、慎重になりたいと思う」

「じゃあ、今日はつぎに会う約束もしなくちゃですね。まぁ前回行ったときは、好きなときに来ていいって感じでしたけど。どのくらいの頻度で通います？」

「一カ月に一、二回かな。そうすれば、年内に五、六回は会える計算になるから」

「楽しみですね」

真子は声を弾ませる。史絵も肯き、ハンドルを握る手に力を込めた。


約束はしていなかったが、ヨシダは庭先のベンチに腰を下ろしていた。車から降りた史絵と真子を認めると、小さく頭を下げて「いらっしゃい」と言う。アトリエのなかに案内され、前回と同じくコーヒーをいただいたあと、定期的に通わせてほしいと申しでる。

「まずは、ヨシダさんのことをよく知りたいんです」

史絵は率直に伝えた。

「何度も来てもらうなんて、なんだか申し訳ないけど」

「とんでもないです。こちらこそ、なるべく制作の邪魔にならないように見学したいと思っていますので、私たちのことは気にせず、いつも通りにお過ごしください」

コーヒーを飲みおわると、ヨシダは念を押す。

「いつも通りに過ごせばいいんだね？」

「お願いします。時折こちらで記録を撮らせていただくこともありますが、なにかに使用する際には、必ずヨシダさんに確認します」

「分かりました」

ヨシダはカップを片付けると、家の外に出ていった。

はじめたのは畑仕事だった。

といっても、広い農地を持っているわけではなく、庭の一角で育てている野菜やハーブの他に、裏手の山や森の手入れが主な内容らしい。説明した方がいいかと問われたが、史絵がどちらでも大丈夫だと答えると、黙々と作業をはじめる。ただ傍観しているのも手持ち無沙汰なので、真子と二人で手伝うことにした。

「付き合わせちゃったね」

ヨシダはそう言いながらも、テキパキと指示した。雑草を抜いて、道に落ちている枯れ葉や枝を集める。土を耕して肥料をまき、苗のまびきをする。こんなこともあろうかと動きやすい服装で訪ねてよかった。

二人がヨシダを手伝うかたわらで、エイトはひたすら薪《まき》を割っていた。

「冬の準備?」

真子が訊ねても、エイトは「まぁね」と相変わらずぶっきらぼうだった。

身体を動かしながら、ときどきヨシダは山に棲《す》んでいる動植物について、愉快そうに話してくれた。

山にこもって絵を描いているという事実からは想像もしなかったが、ヨシダは人を楽しませたり笑わせたりすることが好きなようだった。

以前ヨシダはアトリエによく人が来ると言っていたが、それも本当だった。たとえば、その日のお客さんは軽トラでやってきた。車から降りてきたのは、六十代くらいの作業着を着た男性だった。

玄関先に置いていった段ボール箱には、カボチャやサツマイモといった土のついた野菜が詰まっていた。お裾分けらしい。また別の夫婦は、散歩の途中といった風に現れて、ヨシダと世間話をして去っていった。

玄関はたいてい開け放たれており、ヨシダもエイトも特別なもてなしをするわけでもなく、彼らが伝える用事に耳を傾け、必要とあらば、道具の貸し借りもしていた。彼らは史絵と真子のことを、不思議そうにじろじろと見た。

「みんな、ヨシダさんが高名な画家だって知らなそうですね」

となりに立っている真子が、史絵にささやいた。

ヨシダは一日中アトリエにいて、筆をとったり畑仕事をしたり、庭先の椅子で三毛猫と戯れたりしていた。質問をすれば、おしゃべりではないが、はぐらかさずに時間をかけて答えてくれた。

晩秋にかけて、会う回数を重ねるうちに、制作の場だけでなく、バックヤードの奥の方まで立ち入らせてくれるようにもなった。

制作の場は片付いていたが、バックヤードはもので溢れていた。本人の過去作だけではなく、友人からもらったという絵画やポストカードやポスターの類もある。段ボールにはきれいな色や模様の布がぎっしりと詰められ、作業テーブルに目をやると、現像された写真やからっぽの瓶、古い画集や判読できないメモの数々があった。本棚には画集の類よりも、植物や山の生き物について論じた分厚い専門書の方が多く並んでいた。

「すごい」

真子の率直な呟きに、ヨシダは困ったように肩をすくめた。

「片付けるのが苦手で」

「いえ、決してそういう意味では」と真子は両手をふった。

ヨシダはほほ笑むと、エイトのいるとなりの部屋を見た。

「エイトのような子が前からいれば、整理整頓されていたでしょうね。私が昔に描いたものの所在を忘れる代わりに、あの子はなんでも憶えてくれるから。作品だけじゃなくて、生活用品の置き場所にも詳しいし。あれはどこにあったかって訊いたら、すぐに持って来てくれるんです」

史絵が「頼もしいですね」と感心すると、ヨシダは満足げに肯いた。

「エイトくんに絵を教えることもあるんですか」

「まさか」

ヨシダは愉快そうに笑った。どうやらエイトは、絵描き志望というわけでもなさそうだ。たとえそうでも、ヨシダの絵には、人になにかを教えようとか、強制しようとかいう姿勢が一切感じられない。ただ色と形がそこに中立的にある。

そのことは、ヨシダ自身の語り口にも共通していた。

いくら創作の核心に近づくような質問を試みても、禅問答のように、逆に問いかけで返されてしまい、いつのまにかヨシダのペースで話が進んでいる。気がつくと、自分のなかに答えを探していた。

「私は、自分が幸せになるために芸術をやればいいんでね」

「幸せ、ですか」

「そう。幸せっていうのは、日々自分で見つけるものでしょ。つねにここにはない。つまり芸術と同じだ」

病気が見つかってから、幸せについて考えているせいか、その言葉はやけに史絵の心に残った。帰りの車のなかでも、オフィスについてその日のやりとりをレポートにまとめているあいだも、脳内をぐるぐると回っていた。

幸せになるために芸術をやる――。

最近、そんな風に思うことがあっただろうか。むしろ平凡な幸せを捨ててでも、芸術というのは突き詰めるべきものだと思い込んでいた。そうしなければ、真に優れたアーティストにも一流の学芸員にもなれない、と。

思い返せば、訪ねる回数を重ねるにつれて、仕事であることを忘れている瞬間が増えていた。しわが深く血管の浮き出た手がつくる、数え切れないほどの作品と一枚ずつ対峙《たいじ》するうちに、摑《つか》みどころのない心地いい夢に迷いこむのだ。

木々の緑に守られた、山奥の静かなアトリエと、そこで生みだされる世界にいると、安全な巣に招き入れられたように温かく、平和な気分になる。だから帰路につくたび、終わってしまったと寂しくなった。それは真子も同じらしく、毎回帰るときには「もうこんな時間ですか」と残念そうにしていた。

2

その日、真子はエイトとともに台所で干し柿づくりを手伝っていて、ヨシダの森歩きに同行したのは史絵だけだった。

十一月になって、いつもの山道にはノギクが可愛らしい花を咲かせていた。

ヨシダは早朝と夕方に、それぞれ一時間くらい山を散策する際、スケッチブックを持ち歩いている。気になったところで立ち止まり、切り株や岩のうえに腰を下ろし、鉛筆をとることもある。いちいち披露はしないが、頼めば見せてもらえた。不規則な線の他、カンヴァスの抽象絵画とはまったく違った、若い頃のピカソみたいにその形状の本質を一瞬でつかみとったような手慣れたデッサンが描かれていた。

史絵は一緒に森のなかを歩けば歩くほど、ヨシダの絵のなかを彷徨《さまよ》っている感覚がするのが不思議だった。はじめのうちは、なぜそう感じるのか分からなかったが、この日ヨシダが作品の核心に触れる話をしてくれたおかげで、史絵はやっと腑に落ちた。

　紅葉したカエデの木の下で、ヨシダはふと立ち止まった。

「トコワカですね」

「え？」と耳慣れなくて訊き返す。

「常に若いと書いて、常若。伊勢《いせ》神宮の式年遷宮《しきねんせんぐう》にまつわる言葉だけれど、常若の思想の起源っていうのは、私は山や森にあると思っていてね。こういう風に、毎日毎日同じ道を歩いていると、見え方が日々変わっていくことに気がつく。たとえば、このカエデ」

　ヨシダが空を仰いだので、史絵も真似《まね》をしてみる。

　枝と葉が重なり合って、命に包まれているようだった。

「土から水分を吸って、色づいたと思ったら、枯れて土に返るでしょう。でも少しして暖かくなったら新芽をつくって、また青々とした葉を茂らせる。カエデだけじゃない。この辺りには初春にかけて黄スイセンが咲くんだけど、いい香りがするたび、今年も同じところに咲いたなって思う」

　風が吹き抜け、ヨシダの白い髪を輝かせた。

「でもよく考えれば、私がここに暮らす何年も前から、下手したら何十年、何百年とかいう前からずっと球根は眠っていて、花を咲かせていたのかもしれない。猛暑にも豪雪にも耐えて、花をつけては枯れて、土に戻っては球根として力を貯《た》めて、また目覚めてっていうのを毎年くり返していく」

深呼吸をして、ヨシダはしみじみと肯く。

「すごいよね、本当に。そういうあり方こそ、常若というんです」

「では、山全体も常若ですか」

「そうですね。変わるけど変わらない。その感覚が当たり前に受け容《い》れられて、神道になったんでしょう。儚いけれど根強い。人も動物も、空を飛ぶ鳥も葉っぱを食べる虫も、生き物すべてが常若だ。もちろん私の身体も、あなたの身体も」

「私の身体も？」

「そう」

「深い考え方ですね」

「本当に深いですよ。あるとき常若という言葉と出会って、私は常若そのものを作品にしたいと思うようになりました。うまく表現できなくて、失敗の方が多いけれどね。でもおかげで常若について自分なりの哲学を持てるようになって、死ぬことだってあまり怖くはなくなったんです」

「ヨシダさんのような方でも、死ぬのが怖いと思うことが？」

「当然」

きっぱりと答えたあと、声を低くする。

「でも死んだら無になるわけじゃなく、なんらかの形で誰かの心に球根として残るかもしれない。そう考えると、生きることはずっと楽になりませんか？　樹木や森だって永遠にありつづけるものじゃないけれど、別の形ではずっと続いていく。つねに変化をしながらも変わらない」

ヨシダは口をつぐんで、いたずらっぽく笑った。

「話しながら気がついたけれど、それって美術館も同じでは？」

「あっ、本当だ」

史絵は深く肯く。

毎回新しいつくり手や作品を連れてきては、壁にかけて訪れる人々に見てもらう。期間が終われば、それらは去って壁は撤去されてしまう。でも少し経てばまた新しいアーティストによってすばらしい出会いが運ばれてきて、少しずつ記憶を蓄積しながら、草木と同じような当たり前のサイクルをつづけていく。

「どの展覧会もひとつとして同じものはないんですけど、すべての展覧会がつながっていると思うと、本当に常若かもしれません」

自分の仕事との思わぬ共通点を見つけて以来、ヨシダの作品が少しずつ違って見えるようになった。

たとえば、海とも山ともつかぬ形の群れがやがて波紋をつくりだす、最近のヨシダが描きつづけている抽象画のシリーズ。線を平行にくり返して、ていねいにその絵を仕上げていく行為は、命の巡りを表そうとしていたのだ。

シンプルに線を引くという反復行為そのものが、常若に通ずるとも気がつく。見え方が切り替わったのは、作品だけではない。

アトリエや森も、少しずつ史絵のなかで変化していった。

実際、ヨシダも心を開いてくれているのか、立ち入らせてもらえる場所が、どんどん広く深くなっていった。その分、目にできる未完の習作も増えた。また、アトリエの間取りや向き、位置している地形などに隠れた必然性にも気がつく。

たとえば、制作スペースの一番大きな窓は、小高い丘に向かっている。カンヴァスにカビが生えてしまうので、風通しや日当たりをよくするためだと、単純に思っていた。しかしそうした環境が整っているのは、ヨシダが意図的に開墾しているおかげだった。

また、ヨシダのアトリエでいただくお茶やコーヒーが美味しいのは、裏手の低地に流れる沢から引いて浄水しているおかげだった。周囲に生息している木々も、シラカバ、ブナ、トチノキといった落葉広葉樹が多く、季節ごとの鳥の声が聞こえる。ヨシダが居を定めるにあたって、ここを選んだ理由が分かった。

ヨシダの考えを、言葉で説明されなくとも理解するたびに、心がつながっていくような温《ぬく》もりを感じた。このアトリエや野山にこそ、彼女のインスピレーションのすべてがあると史絵は身をもって学んだ。

このアトリエの光をうまく掬《すく》いとれれば、いい展覧会になるだろう。

冬の訪れとともに予感も深まったが、とはいえ、当然ながら謎も残った。

ヨシダから説明をはぐらかされた作品があったのだ。

あるとき、バックヤードの作品を整理していた真子が、一枚の絵を指した。

「これも、ヨシダさんの絵ですか」

多くの作品に比べれば、テイストの異なる一枚のようだった。

どちらかというと、白石美術館が所蔵しているような若い頃の、オーソドックスな作風を感じさせる。

アカシア別名ミモザによく似た、黄色い蛍のような小さく丸い花の束を両手に抱えている、一人の女性を描いた肖像画だ。うつろな目と面長な輪郭で有名な、モディリアーニの人物画にも似ている。

ヨシダは一瞬の間を置いたあと、目を逸らした。

「いつ頃の作品です?」

たいていのことなら答えてくれていたのに、なぜか説明を避けた。

3

コンビニのATMで三万円を引き出しながら、東京で暮らしていた時期に比べて、貯金が増えていることに考えが及んだ。

今の生活では、お金を使う機会が少ない。忙しいという理由もあるし、碧波市では交通費や食費もあまりかからないからだ。おかげで、今夜参加する大学の同級生との集まりも、以前ほど財布の負担ではなくなっていた。

事前にメールでお知らせを受けとっていたレストランは、麻布十番《あざぶじゅうばん》の路地裏にあった。史絵にとって、ほとんど足を運んだことのないエリアで、大使館を横目に歩きながら、急に気おくれしてしまう。

無難なお洒落《しゃれ》をしてきたつもりだが、もう少し華やかな服装の方がよかっただろうか。メイクも新幹線の車内で直してきたものの、逆に濃すぎはしないだろうか。普段なら気にならないことが、頭をよぎる。

不安になるのは、久しぶりに参加するせいだけではない。病気が見つかったこと、シブヤ美術館に転職を検討していることなど、東京の街を歩いていると、ナイーブな問題が頭をよぎるからだ。

レストランは「隠れ家」というウェブサイトの文句がぴったりの、近代的なデザインの建物に入っていた。店内は照明が落とされ、小さくジャズが流れている。落ち着いた上品な雰囲気で、席についている男性客はみんなスーツ姿だった。

幹事の名前を告げると、奥の個室に通された。

「おー、史絵、久しぶり」

いつも幹事役を買って出てくれる諒子《りょうこ》だった。他のメンバーはまだ来ていない。

「すっごく素敵なお店だね」

「でしょでしょ？　両親の知り合いがやってるお店で、今夜はサービスしてもらえるらしいんだ」

「さすが諒子」

入学当初から人当たりがよく、他科との飲み会やクラス内での行事などで、人一倍動いてくれる子だった。現在は社交性を生かし、フリーランスでアート業界の仕事をさまざまに請け負っている。作品購入のアドバイザー、大規模なアートフェアの案内役など。

結婚したばかりだが、仕事は精力的につづけているようだ。

「新婚生活はどう？」

「楽しいけど、私って共同生活したことないから、ぶっちゃけストレスも多いよね。同業者だからこそ、助け合える部分はあるけど」

そうなんだ、と相槌を打ちながら、ふと気がつく。大きなガラス窓の外で、ビルの合間から東京タワーが煌々《こうこう》と光っている。つくづく素敵なお店だ。

「注文は？」

「この店、メニュー表とかなくて、コース料理が出てくるんだ。あ、でも食べられないものとかあったら伝えた方がいいかも」

諒子をはじめ、この日集まるメンバーは、大学の同級生といっても、その専門性ゆえに就職先の職種はよく似ている。だから彼女たちとの集まりは、古くからの友情をあたためるだけではなく、仕事に有益な情報を集める場でもあった。

そうこうしている間に、他のメンバーがつぎつぎに訪れた。

そのうちの一人は、なつかしい相手だった。

「あかりじゃない！　何年ぶり？」

緊張した面持ちで、あかりは史絵のとなりに腰を下ろして言う。

「本当にね。このあいだ見にいった展覧会で、諒子ちゃんにばったり会って、今日の会を誘ってもらったんだ」

あかりは相変わらず、おっとりした口調だった。

諒子が満足げに笑って言う。

「史絵が喜ぶんじゃないかと思ってさ」

「嬉しすぎるよ、元気にしてた？」

「うん、なんとかね」

あかりは一学年下だったが、浪人生だったので同じ年齢なうえに、史絵と同じく大学の寮に入っていた。卒業後も定期的に会っていたが、史絵が碧波市に引っ越してからは、なんとなく疎遠だった。

「大学の方はどう？」

「非常勤をかけ持ちしてるよ。今年こそ、博士論文を仕上げたいと思ってるんだ」

「そっか、うまくいくといいね」

六人掛けのテーブルが埋まったタイミングで、レストランの料理長らしき年配の男性が挨拶にやってきた。

諒子は料理長と顔見知りの様子で、気さくに話をしている。改めて、筋金入りのお嬢様だと思う。気取ったり威張ったりすることは決してない。友人の前で特別なサービスをされるのは恥ずかしい、と困った顔をしているところも、階級の高さを感じさせる。

諒子のように資産家の家柄出身という他に、医者や弁護士の一族だという子女や、大学教授の娘も何人かいた。

大学時代から、彼女たちの悪気ない自慢話にカルチャーショックを受けつづけ、史絵は滅多に家族のことを話さなくなった。劣等感とまでは行かなくても、理解してもらえないような気がするからだ。

何度もスタッフが皿やカトラリーを交換しに現れ、その都度、雑誌に出てきそうな料理にうっとりする。同時に、碧波市ではこういうものは食べられないな、と寂しくなる。こういうサービスを楽しむのも無理だ。

心を見透かすように、メンバーの一人から訊ねられる。

「史絵が来てくれるのって、久しぶりだよね。東京まで新幹線ですぐなんだから、もっと参加してよ」

「本当にそうなんだけど、なかなか忙しくてさ」

場の空気からして、白石美術館での仕事内容について、みんなもっと情報を得たいようだった。史絵としても、腹が立った田仲とのエピソードを披露して、場を盛り上げたいと思う反面、なんとなく白石美術館のことを話す気にはなれなかった。

微妙な沈黙を埋めるように、諒子がすかさず質問してくる。

「天野くんとはどうなの？」

「つづいてるよ、一応。今日も、みんなによろしくって言ってた」

一応ってなに、と笑いが起こった。

「そうそう、このあいだ、天野くんがテレビに出演してるの見たよ。なんていう番組だったっけ？　いつも美術展を紹介するやつ。マダムキラーって感じだった」

「本当にすごいねー。歴代の卒業生のなかでも出世頭だから、長沼先生も鼻が高いんじゃない？」

彼女たちは口々に言い合う。

この場に雄介も出席していたら、質問攻めにあっていただろう。

諒子がしみじみと言う。

「史絵と天野くんって、本当に長い付き合いになるよね。学部のときは、こんなにつづくとは思ってなかったな」

「なにそれ、ひどくない？」

史絵が冗談めかすと、諒子は「そうじゃなくて」と真顔で言う。

「昔の史絵って、男なんていらない、自分のやりたいことの方が、恋愛よりも大事っていうタイプだったからさ」

「今もそうだよ」

「そう？　天野くんのこと、上手く支えてるじゃない」

どうしてそう言い切れるんだろう。史絵には分からないが、口ぶりからして、雄介は悪くない結婚相手と見做《みな》されているようだ。むしろ手放せば、それ以上の相手は見つからないだろう、という前提のうえで会話が進んでいく。

でも本当にそうなのか。

東京以外で暮らすなんて、価値がないと思っている子たちだから、そう思い込んでいるだけではないか――。

根拠のない疑いが、勝手に膨らんでいく。

わけもなく惨めな気分になって、思いがけないことが口をついた。

「じつはね、正式には決まってないんだけど、私、都内の美術館にうつれるかもしれないんだ」

奇妙な静けさのあと、メンバーたちが明るく言い合う。

「おめでとう！」

「どこの美術館？」

「天野くんとも近くにいられるね」

史絵は慌てて、両手をふる。

「ごめん、まだ自分の気持ちも固まってないんだけどね。相手側にも受け入れてもらえるか分からないし」

だったら言うなよ、という声が耳の奥で響いて、史絵はワインを飲み干す。久しぶりに摂取するアルコールは、驚くほど苦くて渋かった。


コース料理が終わったあと、あかりから声をかけられた。

「白石美術館でのミレー展って、もう終わったんだっけ？」

「うん、八月にね」

「残念。東京で見逃したから、行こうか迷っててさ。ふみちゃんにも会いたかったし。また話がしたいって思ってたんだ」

「本当に？　嬉しいな」

余計なことをしゃべりすぎて、途中から楽しめなくなっていたが、少しだけ浮かばれる。

「白石美術館では、今どんな展覧会を担当してるの？」

あかりなら、ヨシダのことを知っているかもしれないと報告する。

「七〇年代に活躍した女性の方だよね？　よくは知らないけど、代表作の《眠る女》はけっこう記憶に残ってるな。碧波市にご在住なんだね」

「そうなんだよ。今アトリエに通ってるんだけど、本当に面白い人でさ」

「ベテランの画家と仕事ができるなんて、貴重な経験になりそうだね。私もこのあいだ、その頃の時代背景について調べてるんだけど――」

あかりと語りあいながら、そうそうこの感じ、と史絵はなつかしむ。

あかりと親しかったのは、お互い自身の話だけでなく、好きなことの話を気兼ねなくできたからだ。おっとりした性格ながら、あかりとは関心や知識の度合いがよく似ていて、気がつくと夢中で話しこんでしまった。

店を出たあと、他のメンバーたちは二次会にくりだす。

史絵はあかりと駅まで歩きながら、今度は二人でお茶をしようと約束した。改めて全員の前であんな報告をしてしまった自己嫌悪を抱きつつも、あかりのおかげで足取りは少し軽くなっていた。


翌日、史絵は東京モノレール沿いにある、桑園の貸倉庫に向かった。大手引っ越し会社の倉庫が立ち並ぶ一角で、一階がトラックヤードになっていた。

午後二時、桑園は車で現れた。

「お時間をいただいてすみません」

手土産を渡して、さっそく倉庫に案内してもらう。

二階は誰もいなかった。南京錠《なんきんじょう》をあけると、ちょっとしたスポーツができそうな広々とした空間が現れた。段ボールや木箱が積み重ねられ、ほとんどヨシダの作品らしい。史絵は一点ずつ開けて鑑賞する許可をもらった。

「これが《眠る女》です」

ここに来たのは、あかりも言及したヨシダの代表作を見るためだ。

道路に身体を横たえ、目を閉じている女性の全身像だ。

いくつかのインタビューのなかで、ヨシダはこの絵を描いたきっかけを語っている。

夜中に線路の近くを歩いていたら、電車に轢《ひ》かれた女性を目撃した。事故なのか、それとも自分から線路に立ち入ったのかは分からない。ただ、その光景が頭から離れず、くり返しその姿を絵にせずにはいられなかったという。

眠っているのか、死んでいるのか。

夜の絵だけあって、絵の九割は黒く塗りつぶされている。目を凝らさなければ、なにが描かれているのかも分からない。これまで画集で確認しても、古い印刷なので、ほぼ黒一色になっていた。

はじめて実物を目にして、史絵はしばらく身動きがとれなくなった。

その不穏さは、ジョン・エヴァレット・ミレイが溺れる直前の女性を描いた《オフィーリア》にも似ていた。

「あの……もしご無理でなければ、全部拝見させていただけますか」

桑園はサングラスを外し、上目遣いでこちらを見る。

「全部？　大変でしょう」

「こちらは構いません。むしろ、ぜひお願いします」

「では、鍵をお渡しするので、夕方にまた戻ってきます」

倉庫に仕舞われた作品は、合計五十点以上にも及んだ。

半分は、最近ヨシダが描きつづけている抽象画のシリーズ。もう半分は旧作で、ヨシダのアトリエで見た、ミモザの花を抱いたモディリアーニ風の肖像画に似ていた。幼少期から四十代後半にかけて描いたもののようだ。

旧作に描かれているのは、ほとんどが女性だった。台所で料理をしたり、子どもをあやしたり、日常的な室内の場面が表現される。彼女たちはほとんど一人きりで描かれ、身なりや内装も質素だ。

例の肖像画以外、史絵はその頃の旧作をほとんど見たことがなかったので、一枚ずつ写真におさめた。それらを描いたときのヨシダの心境を想像しながら、少しずつ作品の系統を頭のなかでつくりだす。

数時間かけて、合計五十点以上にも及ぶヨシダの絵画を見終わると、ちょうど桑園が戻ってきた。

「大仕事お疲れさま。これ、差し入れです」

近くのカフェで買ってきたという紙袋を受けとる。紙コップのコーヒーと焼き菓子が入っていて、史絵は「お気遣いいただいて、ありがとうございます」と頭を下げた。

「昨日、エイトくんの電話でヨシダさんと話しましたよ」

その連絡手段があったか、と内心膝を打った。

「あなたのことを気に入ったみたいですね、ヨシダさん。今日、貴山さんが訪ねてきたら対応をお願いしますって直々に言われました。個展に対しても意欲的になったみたいだし、私も全面的に協力させてもらいますよ」

この日の桑園が、前回会ったときよりも話しやすいと感じるのはそのせいか、と史絵は腑に落ちる。

「有難いです。今日も作品を拝見できて、とても助かりました。桑園さんがお持ちの作品は思った以上にたくさんあったうえに、ヨシダさんご自身は持っていらっしゃらない時期の作品も含まれていたので」

といっても一点だけ、アトリエにあったのだが。

ヨシダから説明をこばまれたのを思い出すが、あえて話さなかった。

「ヨシダさんのこと、少しは分かりました？」

「そうですね」と曖昧に笑みを浮かべ、史絵は手元のコーヒーに目を落とす。「はじめのうちは、すごくオープンな方で驚きました。山にこもっていると聞いて、勝手に気難しくて頑固な方を想像していたので。今では私もすっかりヨシダさんのファンです。ただ、話をしていても、なんとなくご自身に起こった過去の出来事ははぐらかされるというか、つかみどころのない印象も受けていて」

「キュレーターってのは、たいへんな仕事ですね」

「そうですか？」

「だって芸術家の腹の内を探らなきゃいけないから。ヨシダさんはある意味では、〝気難しい頑固者〟よりも大変かもしれませんね」

「あの、桑園さんはどう思われますか？　ヨシダさんの作品に対して、どんな印象をお持ちでしょうか」

訊ねると、桑園は少し上を向いて眉を上げた。

「まずはヨシダさんご自身について、よく知ることからはじめたいと思っているので、どんな手掛かりでもありがたいんです。たとえば、桑園さんはたくさんのヨシダ作品を集めてらっしゃるわけですけど、どんなところに惹かれているのかとか、すごく気になります。そういったインタビューも、ヨシダ展の成功につながりますから」

語気を強めて言うと、しばらく桑園はこちらを見つめる。

「分かりました。ヨシダさんのためと言われると、こちらも弱いですね。私がヨシダさんの作品をはじめて見たのは、三十代後半でした。そのとき、恋に落ちるとはこういう感じかもしれないと思いましてね」

恋に落ちる――。

史絵も同じような想いを、美術館という場所に抱いていた。

桑園は《眠る女》に視線を投げ、ヨシダ作品との出会いを話しはじめた。

「私の母は、私を女手一つで育ててくれました。母に恩返しをするために、この職業を選んだところもあります。コンサルタントとして独立すれば、他人から干渉を受けず、わりと自由に働けるうえに、手堅い仕事ですからね。早く一人前になって、母に楽をさせたいという気持ちがあったんですよ」

しかし仕事が軌道に乗りはじめた頃、母に異変があった。認知症だった。物忘れが増えて、感情の浮き沈みが激しくなった。

息子のことも、自分のことさえも時折分からなくなる母を前に、桑園は混乱した。やっと恩返しができると思っていた矢先だったからだ。旅行や買い物に連れていくことはおろか、一緒に暮らすのもままならなくなった。

「私は独身で、結婚するつもりもありませんでした。けれど、仕事と介護の両立は、思っていた以上に厳しかった。母を喪《うしな》うことへの恐怖もありましたしね。結局、介護施設に預けた四年後、肺炎で亡くなりました」

桑園はしばらく黙りこんだ。

「ヨシダさんの作品に出会ったのは、そんな折です」

美術品を鑑賞するのは昔から好きだったが、小さなギャラリーで一目見たとき、自分の反応に驚かされた。全身に鳥肌が立ったのである。

「それが、この《眠る女》ですか」

桑園は肯いた。

「ギャラリーのオーナーに訊ねると、購入したのはずいぶんと昔で、本人はとうに筆を折っているし、気まぐれで展示しただけだと言われました。私はすぐに作者の名前と連絡先を聞きだして、会いにいくことにしました。この人の作品をもっと見てみたい、と純粋に思ったんです。やっと本人にお目にかかれて、制作をつづけていると知ったときは、へんな言い方だけど、こちらが救われた気分でしたね」

その頃、ヨシダは山にアトリエを構えて環境を整備しはじめていた。当初は煙たがられたが、仕事の合間を縫って通いつづけるうちに、絵を売ってもらえることになった。

「その頃のヨシダさんは、どんな印象でしたか」

「作品に嘘がない人だと思いましたね。人柄で描いているというか、それっぽく誤魔化したり、よく見せようという姿勢がない。だから私はヨシダさんの生活を支えるために、できることをしたいと提案しました」

ヨシダがお金のことを気にせず制作や生活をできるのは、桑園の尽力のおかげのようだった。桑園は海外や大企業ともつながりがあり、マージンはほぼ取らずに作品を代理で売っているという。

「無償でなさっているんですね」

「私もヨシダさんに助けられている面がありますからね」

帰り際、桑園は「これ、以前にヨシダさんにいただいたドローイングです。ご本人が憶えているかは分かりませんが、もしかすると、今回の展覧会に使えるかも」と、傍らに置いてあった黒いケースを差しだした。

4

つぎにアトリエを訪れた日は、粉雪がちらつくほど寒かった。

桑園から受けとった黒いケースを持参した。美術館であらかじめ確認すると、納められていたのは、着物姿の女性が鉛筆で描かれた古い紙の素描だった。

「なつかしい」

ヨシダは目を細め、作品を手にとる。

「どなたを描かれたんです？」

「私の母親です。子どもの頃に描いたものだけれど、桑園さんが気に入って、特別に差しあげたことがあって。もう忘れていたけど……」

ヨシダはしばらく黙って素描を見つめていた。

ふと深く息を吐いて、「いや、本当は忘れてなかったか」と言い直す。

「うちの実家は寺を営んでいてね」

独り言のように、ヨシダは呟いた。

新たな事実に、史絵は「古いお寺ですか」と訊き返す。

「いえ、普通の寺ですよ、どこにでもあるようなね。でも寺って、たいして工夫しなくても収入を得られるでしょう？　誰かが亡くなったときだけじゃなく、そのあとも定期的に法事があって、お盆にお彼岸にと人はやってくる」

「そういう面もあるかもしれませんね」

「父は、誰に対しても偉そうな人だった。そんな父に母は抑圧されて、自由はなかったと思う。ただでさえ女は物申せぬ時代だったけど、輪をかけてね。母は家族の世話役でいることに耐えきれなかったらしい」

史絵は自分の母のことを考えながら、相槌を打つ。

「追い詰められて、とにかく私を束縛した。私には兄がいたけれど、兄と私とじゃ接し方は雲泥の差だったね。だから私は、母の優しさに飢えてた。でも母には母の事情があったから仕方ないって、今なら思える」

ヨシダはしばらく黙りこみ、窓の外を眺めていた。

「母は、私と兄を産んだ以外に、流産や死産をくり返していたから。跡継ぎがいるのに、どうしてそんなに妊娠したのかは分からない。でも母は自分を見失って、外に出なくなってしまった」

「……つらいですね」

ヨシダはこちらを見て、表情をやわらげた。

「当時、医療の問題だけじゃなく、流産や死産というのはタブーで、あまり人に言うことじゃない、縁起の悪い現象だって思われていてね。とくに寺の評判を落としかねない、恥ずかしいことだって。だから母は慰められず責められた」

絵のなかの女性は、聖母のように清らかな笑みを浮かべている。そんな悲しみを抱えている人には、とても見えなかった。せめて絵の世界のなかでは、健やかに優しく、理想でいてほしかったのか。

「この絵を、お母さまもご覧に?」

「いいえ。絵を描いても、否定されることの方が多かったから」

以前に読んだインタビュー記事を思い出しながら、史絵は肯く。

出世作である《眠る女》を描いたのも、母への想いが根底にあったのかもしれない。わが子が亡くなるという悲劇をくり返してきた母の姿と、線路脇で放置された女性の亡骸《なきがら》を重ねたのではないか。

「ヨシダさんが絵描きになったことについて、お母さまはなんと?」

「縁を切るようにして東京に出ていったから、腹が立っただろうね」

「なにも言わずに、ですか」

「思い切ったでしょ。でも新聞で活動について知ったみたいで、手紙が来たよ」

ヨシダはくっくと笑った。

「誇らしかったでしょうね」

「そうかな」と目を細める。

「もちろん。上京してまもなく、大きな国際展に参加なさってるし」

「運がよかったんですよ。時代の波に押されて、評価が独り歩きした。私のことなんて気にも留めなかった人たちが、とつぜん手のひら返しをしただけ」

そう答えると、窓の外に視線を投げた。

「当時から、冷静に受け止めてらっしゃったんですか」

「どうだろう。大きな変化が起きているとき、自分では分からないものだからね。嵐が過ぎ去ってから気がつく。自由でいること、これほどに価値のあることはないって。自分のために描くと決めたとき、どれほど楽になったか」

そう言い切ると、ヨシダは黙りこんだ。

例の空白期間について、そろそろ質問したかったが、ヨシダは口を閉ざしてしまった。


この日の帰りは、史絵がハンドルを握った。

デジカメの画像をふり返りながら、真子はしみじみと言う。

「ヨシダさんが昔に描いた人の絵って、先日見せてもらった女性の肖像画からも思いましたけど、面長で目に瞳のない女の人の顔を描く、有名な画家の絵に似てますよね。あ、名前を度忘れしちゃいました。好きな画家なのに……モジ……」

「モディリアーニ？」

「それです！」

「そう言われれば」

モディリアーニの人生も受難に満ちている。

若い頃から肺が弱く、彫刻家を志すも諦めざるをえなかった。画家に転向したものの、独自のスタイルは生前に人気がなく、酒や麻薬に溺れる。病気で亡くなり、婚約者の女性まで後追い自殺したという。

そのことを話すと、真子は両手で頬を覆った。

「そんな悲劇的な人生だったんですか、モディリアーニって」

「本人もだけど、婚約者の女性も気の毒だよね」

「たしかに、友だちが彼氏として連れてきたら一番困るタイプ」

二人は笑った。

真子はデジカメを鞄のなかに戻して言う。

「とりあえずは、ヨシダさんも踏み込んだ話をしてくれるようになって、本当によかったですね。史絵さんの作戦が功を奏したというか」

「そうだね、でもこれからが本番だよ。年明けからは、作品の選定や撮影に入って忙しくなるし。来年はヨシダ展と同じ時期に真子ちゃんも個展をやるんだっけ？　同時進行で忙しくなるだろうけど、頑張ってね」

先週、真子から地元の小さなギャラリーで、来年の夏に一週間ほど展示をすることになったと報告された。真子が制作を再開させたと知り、史絵は応援する一方で、美術館業務と両立できるのだろうか、とひそかに案じていた。

しかし真子は、そうした史絵の心配もどこ吹く風だ。

「ありがとうございます。知人が運営している小さなスペースで、ほんのお試しみたいに短いあいだ、作品を置いてもらうだけなんですけどね。ヨシダさんのアトリエに通うようになったおかげです」

「いい刺激になった？」

「はい！　史絵さんのサブに入ってからは残業の時間も減りましたし、計画的に制作も進められてすごくありがたいです。ヨシダさんの影響もありますけど、やっぱり理想的な働き方をさせてもらってるおかげです」

思い返せば、最近の真子は終業後に見かけなくなっていたし、昼休憩もずっと仕事をしていて職員共有のランチスペースに現れることもなかった。自身の制作が充実しているならなによりだった。

「展覧会が近くなると、そうは言ってられないけどね。真子ちゃんには教育普及室の仕事もあるだろうし」

口うるさくならないように気をつけながら、一応念を押しておく。

「重々心得ております」

真子はかしこまって頭を下げたが、すぐに調子を取り戻す。

「あ、教育普及といえば、史絵さんにお話があるんです。このあいだ、私が高校時代にお世話になった美術の先生に、偶然イベントで再会したんですけど、その先生、エイトくんのことを知っているっておっしゃってました」

「あの野性青年と？　どういうつながりで」

「非常勤としてかけ持ちしている高校のひとつに、エイトくんが通っていたみたいで。詳しくは聞いてないんですが、ヨシダさんのことも以前からご存じみたいなんです。史絵さんのことも、ご紹介していいですか」

「もちろん」

「分かりました。梶《かじ》先生っていう方なんですけど、月末の教育普及イベントに来てくださるそうなんで、その日に声をかけますね。生徒からの人気もあって、梶先生がいたからこそ、私も美術の道に進もうって思えたんです」

「すてきそうな先生だね」

「自身も絵を描かれていて、だからこそ理解してもらえる気持ちとかもあって」

相槌を打ちながら、史絵はエイトについてほとんど知らないと思い当たる。

ヨシダに訊いてもはぐらかされそうだし、本人も必要以上に口をきいてくれない。ただ分かっているのは、山の世話や畑仕事、家事や制作の手伝いなど、彼は第一印象とは裏腹に、真面目かつプロフェッショナルさながらにこなしている、ということだけだった。

Ⅳ

1

アトリエでのエイトの予定は、一時間単位で決まっていた。

月曜から金曜まで、朝八時に原付バイクでやってくる。玄関掃きからはじまり、小道の落ち葉拾い、植栽の水やり、郵便物の仕分け、室内の掃除も彼がやる。作品の位置などは動かさず、ちょうどいい塩梅《あんばい》で空間を清潔に保った。かなり几帳《きちょうめん》面な面もあるらしく、窓には曇りひとつ残さない。

少しの休憩をはさんで、十一時頃から昼食と夕食の準備にとりかかる。ヨシダは食に関してルーティンを好むらしく、メニューは固定だった。健康に配慮して、白ご飯に味噌汁《みそしる》、煮物に副菜など。土日はヨシダ一人きりになるので、金曜は少し多めに作り置きしたり保存食を準備する。何度か史絵や真子も食べたことがあるが、優しい味だった。エイトは試行錯誤するのが好きらしく、よく「もっと塩を足せばよかった」とか「豆腐は湯通しすべきだった」とか、食べながら自分なりの反省を呟いている。

午後になると、車で三十分かかる最寄りのスーパーやホームセンターに生活や制作に必要なあれこれを買い出しにいく。ヨシダがメモを渡すこともあれば、彼の判断で買い足されるものもあるようだった。とりたてて必要なものがなくても、各種支払いや郵便物の発送など、なにかと用事をこなした。ヨシダは彼に通帳を預けるほどに信頼を寄せ、お小遣い程度の報酬を支払っているらしい。

ふもとの町から帰ると、四時までは休憩する。それから夕方六時の帰宅時間まで、制作の手伝いや、桑園を介して売れた作品の梱包《こんぽう》などにとりかかる。エイトは作品を触るとき、常にも増して丁寧な手つきになった。まるで壊れやすい宝物をそっと動かすように、決して乱暴で粗雑な扱い方はしなかった。

エイトは制作そのもの——たとえば、絵筆を持ってカンヴァスに向かったり図柄を考えたり——には一切触れなかったが、画材の下準備——カンヴァス地をストレッチャーに貼ったり下塗りをしたりといった必要最低限のこと——は、積極的に手伝っていた。過去の作品や展示の変遷を、史絵や真子がスムーズにひとつのデータにまとめられたのも、エイトがこれまで時間をかけてこつこつと画集やパンフレットなどを整理して、基礎を固めてくれていたおかげだった。

といっても、史絵は真子以上に、いつまでもエイトとの意思疎通が難しかった。エイトはそもそも一人で工夫しながら同じ作業に没頭することは得意でも、臨機応変に人と協力することは苦手らしい。

また、十代後半のエイトが、学校にも行かず、友だちとも遊ばず、アルバイトもせず、どうして平日の朝から夕方まで、年老いた芸術家につきっきりで献身的な世話をしているのか、史絵には奇妙でならなかった。

自身もアーティスト志望だとか、山奥の生活に憧れているだとか、なにか目的があってヨシダのところに通っているのだろうか。


十二月に入ると、寒さが本格的になった。

美術館の業務はいつも以上に忙《せわ》しなくなり、史絵はなかなかヨシダのアトリエに向かう時間をとれなくなった。クリスマス関連の教育普及イベントで忙しい真子ともスケジュールが合いにくく、史絵は少し早いが、年内最後の挨拶に一人で行くことにした。

美術館からの道中、山の麓にさしかかった頃、待避所にもなった駐車スペースで人影が見えた。

鬱蒼《うっそう》と草木が茂っている、ほとんど人気《ひとけ》のない山道の入口に、見慣れた古い原付が一台だけ停まっていた。

ひょっとしてエイト？

ふり返っても分からず、減速して数十メートル先に停車させる。

車から下りてみると、エイトがゴミ袋を持って身をかがめていた。

「こんにちは！」

エイトは顔を上げて、小さく会釈をした。

「なにしてるの?」

右手に持っていたゴミ袋を高く掲げて見せる。ゴミ拾いをしていたらしい。ヨシダのアトリエから少し離れたところだが、たしかに駐車スペースにはゴミが目立つ。なかには何年も放置されていそうな、泥だらけのコンビニ袋などもあった。茂みを分け入って、しゃがんでいるエイトに近づいた。

「どうしてこんなところで」

「ヨシダさんに今日の午前中は外出していいって言われたから」

なぜゴミを拾っているのかということを訊きたかったのだが、史絵は「そうなんだ」とだけ答えておく。少しは会話がつづくようになったものの、ぶっきらぼうな口調にはまだ面食らってしまう。

無造作に伸ばしたくせ毛に隠れた、切れ長の目も、滅多にこちらを見てくれない。

「それにしても、けっこうな量が落ちてるけど」

史絵は言いながら、改めて眺める。山々の景色は美しいのに、すぐ足元に落ちているゴミは目を背けたくなるほど変色し、悪臭すら漂っていた。秋にハイキングに訪れた人たちのものだろう。もしくは、わざわざ不法投棄しにくる人もいるのかもしれない。数日つづいた強風のせいで、吹き溜まりになっている。

エイトはもう会話は終わったと判断したのか、ふたたびゴミ袋の口を広げて、菓子の袋や空のペットボトルの他、生活ゴミや中身の分からないビニール袋などを、黙々とトングで拾いはじめた。史絵は車に置いていたダウンジャケットを羽織って、原付の脇に置いてあったゴミ袋と軍手を手にとる。

「これ、借りてもいい？　手伝うよ」

エイトはこちらに背を向けたまま、無言で肯いた。落ちているゴミは冷たく、水気を含んだ土で汚れていた。三十分ほど黙々と作業をつづけると、ゴミ袋はあっというまにいくつも膨らんだ。

「そろそろ行かなくちゃ」

「はい。ありがとうございました」

はじめてエイトから礼を言われて、史絵は「ううん」と首を左右にふる。ゴミはすぐ近くの処理場に持っていけば処分してもらえるらしい。エイトは頰を紅潮させながら、原付の荷台にゴミ袋のひとつをストレッチコードで固定した。どうやら何往復もして全部運ぶらしい。史絵は車で手伝おうかと提案したが断られた。

「前から訊きたかったんだけど、学校とか、行かなくてもいいの？」

エイトはしばらく考えてから、「もう辞めたんで。僕にとってはヨシダさんのアトリエが学校みたいなものだし」と答えた。

「そうなんだ……よくこんな風にゴミを拾ってるの？」

「できるときには」

「偉いね」

「なんにも偉くないですけど」

エイトは目を合わさず、急に饒舌になった。

「僕が拾っても限度があるし、結局はなにも変わりません。山って遠くから見たらすごくきれいだし、なにも変わらずそこにあるようだけど、こういう駐車スペースから一歩なかに入れば、あちこちにゴミがあふれてるんです。出来る限り拾いたいけど一人じゃ到底追いつかない。僕の頭じゃどうすればいいのかも分からない」

言いたいことを言い終えると、エイトはゴミ袋をもうひとつ片手に持ち、原付にまたがる。ふらふらと不安定そうに走り去る姿を、史絵は心配になりながら見送った。


師走《しわす》ともなれば、白石美術館ではイベントが目白押しだった。

エントランスホールでの演奏会や、冬休みを迎えた子どもを対象にした、クリスマスやお正月の飾りつけ創作のワークショップなど。毎年開催される地域の教員を対象にしたレクチャーでは、史絵も参加者たちの前でマイクを握った。

年末にもかかわらず、参加者はけっこうな数だった。来年から開催される展覧会の概要を解説し、参加者同士で意見交換をしてもらう。イベントの終了後に片付けをしていると、真子から一人の参加者を紹介された。

「こちら、先日お話しした梶先生です。私の恩師でもあって」

小柄でまるっとしたフォルムの、五十代前半くらいの女性教員だった。

名札を見ると、「梶」と記されている。

「今度、ヨシダカヲルさんの展覧会をなさるそうですね」

梶先生は頬を紅潮させながら、明るい声色で言った。

「ええ、今はその準備で、アトリエに通っているんです」

「私も以前から、たまにお邪魔していました。画材や画集を届けることもあって。ヨシダさんの作品が私もとても好きで、いつか多くの人の目に触れて、その心に届けばいいなと思っていました。だから故郷である碧波市で、しかも白石美術館のようなすてきな場所で、個展をなさると聞いて本当に嬉しいです。準備はいろいろ大変でしょうけど、心待ちにしていますよ」

少女っぽい雰囲気があり、真子の母親に似ているという印象を持った。

「ありがとうございます、期待に応えられるように頑張ります」

「楽しみです」と朗らかに肯いたあと、梶先生は両手を合わせて訊ねる。「それで、深瀬さんから聞いたんですけど、アトリエにエイトくんがいるとか?」

「梶先生の教え子なんですね」

「といっても、私は美術専門の教員なので、担任を受け持ったわけではないんです。ただ顧問をしていた美術部に、彼も属していました。彼をヨシダさんに紹介したのも、じつは私なんです。彼、元気にやってます?」

「ヨシダさんの制作を全面的に支えてますよ」

梶先生はエイトがヨシダの役に立っていることを、心から喜んでいる様子だった。

「よろしければ、どういった経緯でエイトくんをヨシダさんに紹介なさったのか、教えていただけますか」

「いいですよ」

梶先生がアトリエに出入りしはじめたのは、十年ほど前だという。

碧波市の美術教員として、教材研究のために地元の画家を調べていた。すると美術雑誌で名前を見たことのある画家が、山奥にこもって絵を描きつづけていると知る。居場所を突き止めると、訪ねてみることにした。

思いがけず、新しい作風に取り組むヨシダの姿に、梶先生は勇気づけられた。

それ以来、休日を利用して、手土産を持ってヨシダのアトリエを訪ねては、建物の修繕や足りないものの買い出しを手伝うようになった。ヨシダも徐々に心を開いて、付き合いがはじまったらしい。

「といっても、ヨシダさんには他人に立ち入らせない、触れさせない部分があると思いませんか？　私は損得感情なく、ただヨシダさんの作品が好きで力になりたいという動機からお邪魔したので、迷惑がられはしなかったけど、頼られることもありませんでした。それでヨシダさんの許可をとって、美術室に画集を置くようになって」

「エイトくんはそれを見て、興味を？」

「それもあります」

梶先生は少し躊躇《ちゅうちょ》したあと、「ただ、彼、当時いろいろと事情があったみたいで」と答えた。高校二年生になる前だったという。初年度の冬から登校拒否だったので、梶先生がエイトに指導を行なっていた期間は、一年にも満たなかった。

「でも私が知る限り、美術部員としての彼は真面目でしたよ。といっても、あまり絵は描きませんでしたけどね」

梶先生は苦笑した。

「作品が好きでも、うまくアウトプットができない子って一定数いるんです。とくにエイトくんは作品としてだけじゃなく、自分の感情を言葉にするのも苦手みたいで。ただ集中力はすごくて、美術室にある画集を何時間でも飽きずに眺めていました」

「あの、立ち入ったことを訊くようですが、なぜ登校拒否に?」

史絵が訊ねると、梶先生は真剣な面持ちになった。

「私の口からはなんとも……ただ今だからこそ言えるのは、もっと早くから特別な支援を受けていれば、結果は違ったんじゃないかなってことですね。最終的な判断は親御さんに委ねられるので、私たち教育者には口を挟めない部分もあって……」

口ごもったあと、梶先生は声を明るくする。

「おそらく貴山さんもお気づきの通り、優しくて真面目な子なんです。ただ、ときどき彼自身も身動きがとれなくなってしまうというか。集団と合わせることを重んじるような学校に通うのは、つらかったでしょうね。中退せざるをえなかったのだって、ギリギリまでやってみた結果の苦渋の選択だったと思います」

梶先生は唇を噛《か》んだあと、真剣な面持ちでつづける。

「私もね、教育者の端くれとして思うんです。エイトくんのように、生きづらさを抱える子たちの受け皿として、美術は存在すべきじゃないかって。だから彼が美術部に入ってくれたことはせめてもの幸運でした。今も彼のそばに美術があって嬉しいです。少しでもそれが心の支えになればいいので」

エイトとヨシダの直接の出会いは、こうだった。

あるときヨシダが怪我《けが》をして、制作の手伝いが必要になった。奇《く》しくも同じ頃、梶先生は美術室に置きっぱなしになっていたエイトの作品を見つけ、自宅に届ける機会があった。家にこもってばかりいるエイトや、そんな彼を心配する母親と話をしながら、ふと彼が在学中ヨシダの画集を熱心に見ていたことを思い出す。

「断られることを覚悟の上で、一緒にヨシダさんに会いにいかないかとお母さまの前で提案しました。するとエイトくんはふたつ返事で、行きたいと答えたんですよね。自分から外に出ていくタイプじゃないですから、訊いたこちらも驚きました」

「親御さんはよく賛成されましたね」

「ええ、はじめは頑《かたく》なに反対されました。知らない人を手伝いにいくわけですしね。でもエイトくん本人が強く希望して、最後には折れたみたいです」

はじめてヨシダのアトリエを訪れたとき、エイトはほとんど口を開かなかった。そしてヨシダの方も、そんなエイトを黙って受け入れ、余計なことは質問しなかった。春の穏やかな日で、ただ作品を見て、森を散歩し、動植物について短いやりとりをしただけである。帰り際、ヨシダはなんでもないことのようにエイトに訊ねた。

——あなた、学校を辞めたんだって？

エイトは肯いた。

——じゃあ、私の手伝いにおいで。

ヨシダがそんな提案を、と梶先生は信じられなかった。お世辞にもエイトは器用そうではないし、助手として雇うには不安になるほど未熟だ。でもヨシダはエイトのなかのなにかを見抜いたのか、いきなり誘いだしたのだった。

「ここからは私の推測ですけど」と、梶先生は一呼吸置いて、口調を遅くした。

「ヨシダさんはあの通り、世捨て人か仙女のような存在でしょう？　私たちじゃ気づけない、なにかを見ているんじゃないかな。あれだけ浮世離れして外界から閉ざされたところで、ひとつのことを突き詰めていると、常人には分からない領域に触れているというか」

「人と違う視点がある、と？」

「はい。だから不便な土地柄にもかかわらず、アトリエには人の行き来が絶えないし、今も作品の熱心なファンがいる。エイトを助手として招き寄せたのは、彼の才能とか、特別なきらめきを見抜いたとか、そんな大それた理由からじゃなくて、ただ放っておけなかった、彼には誰か手を差し伸べてくれる存在が必要だと直感したからじゃないでしょうか」

「人助けとして?」

「雑な言い方をすれば、そうなるかもしれません。でも、なんていうか、うまく言えないんですけど……ほら、作品を見ていたら、すっと分かりません?」

「作品というのは、最近の、ですか」

「そうです。ヨシダさんの作品全般にも言えることですが、ああいう絵は、本当に優しい人にしか描けませんよね。どんなに売れている絵でも、優しさが一切ない絵ってありますからね。逆に言えばヨシダさんの絵ほど、優しさを宿したものはないと思います」

「優しさ、ですか」

自身も長年絵を描いている梶先生の発した語句は、ヨシダ作品の核心をつく気がして、史絵は詳しく教えてほしいと頼んだ。

「三十年以上高校で教鞭をとっていると、じつにいろんな生徒に出会うんです。たいていの子が美術に見向きもしませんけど、ごく稀に、ヨシダさんの作品に反応する子もいて。どうしてなんだろうってよく考えることがあるんです」

「不思議ですね」

素直に伝えると、梶先生は「でしょ」とつづける。

「最近のヨシダさんの絵って、捉えどころが全然ないじゃないですか。抽象画だけど、強い色とか形とかで描かれてるわけじゃないし。ある意味では、めちゃくちゃ弱い。なのに、そこに息遣いを感じる。そういうのって、見る人を肯定してあげる心意気がないと、絶対に描けないと思うんです」

梶先生は今日の前にヨシダの作品があるかのように、ありありと言葉にした。自身もこつこつと絵を描きつづけ、多くの生徒を育んできた梶先生にはやはり説得力がある。気がつくと二人きりになったレクチャー室は、静けさに包まれていた。

「世の中にあふれる美術品って、なかには『私はこう思う』とか『私ってすごいでしょ』とかっていう自意識がさく裂したものも多いと思いません？　でもヨシダさんの絵は、見る人に解釈を委ねて、『あなたのその理解で大丈夫なんだよ』って肯定してくれる感じがするんですよね」

「あなたのままでいい、みたいな？」

「ええ、だから悩んでいる子ほど、そこに安らぎを見出《みいだ》せるんです。私がさっき言っていた受け皿っていう言葉が、それほど当てはまる作品はないんじゃないかって」

常若を表そうとした、というヨシダの言葉を思い出す。

きっとヨシダは、絵を見る人を無条件に信頼しているのだろう。見る人に委ねたい、見る人の目や思想を肯定したい。本気でそう思っているからこそ、身動きがとれなくなっていたエイトの心にも響いた。

「あの、そういう優しさって、どこから生まれるんでしょう」

少し考えたあと、梶先生は腕組みをして宙を見た。

「この歳まで生きてきて思うのは、たとえば私なんかには、決して描けないっていうことですね。誰かに決定的に自分を損ねられたり、存在意義を否定されたり、屈折した過去がないと、あそこまで優しくなれませんよ。ヨシダさんはこれまで、私たちの想像も及ばない経験を乗り越えてこられたんじゃないですかね。さっきから私ってば、本当に憶測だけで話してますけど」

梶先生は恥ずかしそうに笑った。

「すみません、質問攻めにしちゃって。すごく勉強になりました」

「それならいいんだけど」と梶先生は頬を染めながら言う。「貴山さんにお伝えしたかったのは、エイトくんを温かく見守ってあげてほしいということです。以前ヨシダさんに展覧会の依頼をしていたキュレーターの方が、エイトくんに苦情というか、否定的な意見をぶつけたことがあったみたいで。結局、そのことがきっかけで展示の話も白紙になったとか。ヨシダさんから断片的に聞いただけなんですけど」

「そんなことが?」

そのとき、史絵の館内用子機が鳴った。

無視しようとしたが、梶先生は「お仕事の邪魔をしてしまいすみません。本当に私ってば話が長くてお引き留めしてしまって。よければエイトくんに、いつでも高校に遊びにくるように伝えてやってください」と頭を下げ、会場をあとにした。

2

エイトが一人で美術館にやってきたのは、年内最後の開館日だった。

朝から低気圧にみまわれ粉雪もちらつくが、館内は一定の温湿度に保たれている。

「ヨシダカヲルさんの助手の方がいらしています」

受付から連絡があったので、慌ててエントランスに走っていくと、鼻と頬を赤くしたエイトが一人で立っていた。ヘッドホンを首にかけて、見慣れたジーンズにダウンジャケットを羽織り、色褪《いろあ》せた黒いキャップをかぶっている。史絵のことを認めると、開口一番にまくしたてた。

「あなたをわざわざ呼び出すほどじゃないとは思ったんですが、展示室のなかに入るにはお金が要ると言われて、ヨシダさんのことを話しました」

「待って、なんのこと?」

順を追って訊ねると、展示室内の構成を考えていたヨシダは、美術館が年末年始の連休に入ってしまう前に、細かいところを撮影してきてほしいと指示したらしい。実際に展示室を見たこともあるし、非常口などを記したフロアプランも渡していたが、記憶の曖昧になったディテールを再度確認したいのだという。

「そういうことなら、いつでも連絡してもらっていいんだよ。なんなら、私が代わりに撮影をして、エイトくんに画像を送ることもできるし。そういえば、エイトくんもスマホ持ってるよね？」

ところが、ＳＮＳの類はやっていないらしい。今時古風だなと思いながら、メールアドレスを交換する。それにしても、ヨシダのアトリエにいるときと違って、蛍光灯に照らされた無機質な空間に立っているエイトは、口元にうっすらと髭《ひげ》が生えてニキビ跡が目立ち、いつも以上にあどけなさを感じる。

「これからは、なにかあったらいつでも連絡してね」

「どうも」

史絵は入口で控えているチケットのもぎり担当者に事情を伝えて、エイトを展示室内に連れていく。その日は年内最終日とあって、比較的混雑していた。静けさのなかで、しゃべり声や靴音は際立つ。エイトはそわそわと落ち着かない様子で、ヨシダから指示された撮影すべきポイントに向かった。

「美術館は苦手？」

「いえ、そういうわけじゃ。むしろ、よく来ます。でも人が多い日はちょっと」

歯切れはよくないが、エイトが自身の話をしてくれるのははじめてだった。

「今日は大丈夫だよ。エイトくんは作品を見にきたんじゃなくて、ヨシダさんの助手として仕事をしにきたんだし」

エイトははじめて史絵と目を合わせて肯いた。

ヨシダに持たされたというデジタル一眼で、ヨシダが知りたがっているらしい奥の休憩室につながる動線を、彼は手際よく写真におさめていった。そんなに撮らなくても分かるんじゃないと内心思うほど、真剣な面持ちで時間をかけて記録を残していく。

撮影を終えると、デジタル一眼のモニターで画像をふり返った。

「うまく撮れた?」

「たぶん」

エイトは床に置いていたリュックを背負い、「じゃ、アトリエに戻ります」と、さっさと出口に向かおうとする。となりを歩きながら、史絵は切りだした。

「このあいだ、梶先生に会ったよ。エイトくんが高校でお世話になった」

「どうして知ってるんですか」

エイトは眉間にしわを寄せた。

「白石美術館の教育普及イベントに来てくださったんだ。いつでも高校の美術室に遊びにきていいっておっしゃってたよ」

「え、僕が?」

「もちろん、そうだよ」

「無理です」

「どうして?」

「うまく言えないけど……そんな資格、きっと僕にはありません」

資格という、ざらつきのある言葉に自ら戸惑ったのか、エイトは黙りこんでしまった。

「ごめん、余計なお節介だったね。下の階まで送っていくよ」

史絵は先にエントランスを出て、正面にあるエレベーターのスイッチを押す。ランプは一階から上昇し、ドアが開くとベビーカーを押す夫婦とすれ違った。

白石美術館の下階には、地元企業のオフィスがいくつかと、スーパーやドラッグストアといった店舗も入っている。混雑したビルを出ると噴水のある広場があり、子どもたちを遊ばせている同世代の女性たちがいた。史絵は身近なようで縁のなさそうにも感じる、その平和な光景をぼんやりと眺めた。

「先生、なにか言ってた？」

別れ際に問われた。エイトもなんやかんやで気になっているようだ。

「ヨシダさんの力になってるって話したら、嬉しそうだった」

「お礼を伝えてください」

「そういうことは自分で伝えた方がいいと思うけど」と笑ったあと、真面目なトーンで切りだす。「ねぇ、へんなこと訊くかもしれないけど、この先エイトくんはどうしたいとか、そういう将来のことって、考えたりしてるの？」

エイトは気難しそうな顔で目を逸らした。

「分かりません。どうせこうなりたいと思っても、なれないことの方が多いから」

「そんなことないよ。真面目だし家事とかも上手だから、自分に合った目標が見つかる気がするけど」

「でも高望みしても自分がつらくなるだけだから。せめて他人に迷惑をかけないで自分の面倒を見られるようにしたいけど、それだけでも難しいんです」

「謙虚だね。もっと自信を持ってもいい気がするけど」

そのとき、噴水を見つめていたエイトが、とつぜん歩きだした。

「どうかした?」

その問いには答えず、無言で噴水の方に歩きだす。面食らっていると、噴水の脇に設置されていた美術館所蔵の立体作品を指でさす。

「それ、おかしいですよ」

「おかしいって?」

「前来たときは、こんな風じゃなかった」

若手の日本人作家に制作を依頼した、無数の風船をモチーフにした高さ数メートルにもなる作品だ。遠目からは軽そうに見えるが、じつは特殊な樹脂でつくられているのでずっしりと重い。

「でもずいぶん前から展示されてるけど?」

「そういうことじゃなくて……まぁ、いいや。さよなら」

「え、ちょっと待って」

エイトは小さく会釈をして、駐車場につづく階段へと消えていった。

史絵はそのあと、担当者に確認して驚かされた。野外にあるせいで劣化したか、なんらかの衝撃を受けたのか、いくつかの風船の位置が数十センチ下がっていたのだ。担当者もそれまで気がつかなかったという。

エイトは本当に風変りな子だ。梶先生から話を聞いたときも感じたが、人には見えないものが見えている。せっかくヨシダという存在が身近にいるのだから、彼のような人こそ美術の道に進むといいのにと思った。

けれども、美術の道に進んだところで、食べていける保証はまったくないし、そもそもエイトは親と折り合いがついていないようだった。史絵は母から要領が悪いと否定された、昔の自分と重ねてしまう。

そのとき、廊下で田仲とすれ違った。

共同で手配している備品補充の件が、とっさに頭をよぎる。毎月交代で、照明や梱包材など足りない館内の備品を注文しているが、先月分の注文がまだなのが気になっていた。立ち去ろうとした田仲に、史絵は声をかける。

「すみません。今月の備品の件、どうなりました?」

田仲は身構えるように後ずさってから「あ、注文してなかった」と答えた。

「ですよね」

「でも足りてるでしょ」

「いや、エアパッキンとか展示用のＬＥＤとか、足りないって何人かから声をかけられました」

「じゃあさ、今月の分とまとめて頼んでくれる？」

「え、私が？」

「俺、今自分の企画展の方が忙しくて、手が回らないんだよ」

まったく反省していない田仲に、史絵は失望した。

できる限り気を遣って催促したのに。

「分かりました」と声を低くして答えた。

「よろしく」

目を合わさずに会釈して、史絵はオフィスに戻る。

田仲との噛み合わなさにいつも以上に苛立つのは、体調の変化のせいでもあった。数日前から、生理前不調がはじまっている。低用量ピルで痛みはおさまっているとはいえ、すべてが完全に治まるわけではない。

長年苦しめられてきた痛みがないというのも快適だが、根本的な問題解決を先延ばしにしているだけだという焦りはつのる。それに低用量ピルにもいまだ慣れず、吐き気や眠気といった副作用は減らない。

卵子凍結について、史絵はずいぶんと詳しくなっていた。本来ならば、すぐに病院で相談してみるべきだろう。しかし調べるほどに足が重くなるのは、費用対効果が未知すぎるからだった。採卵、凍結、保存とさまざまなステップで、高額な費用が加算される。ただし、うまく採卵できるか、卵子がいくつ保存できるかはやってみないと分からず、うまくいかなくても費やした金額は戻らない。

そして仮に幸運にも卵子を凍結できたとしても、破損なく解凍でき、体外受精で受精卵として育つ確率は決して高くないという。さらにその受精卵が無事に着床し、流産せずに妊娠まで至るというのは、奇跡に近い道のりに思える。

一刻も早く決断することが望ましいというが、また前回のように、長い待ち時間に耐えて内診台にのぼり、医師と話さなければならないと思うと、どうしても億劫《おっくう》だった。というか現実問題として、そんな時間や費用など捻出できない。であれば雄介に相談するか、あっさりと諦めるべきだろう。

しかし理屈では分かっていても、気持ちが追いつかない。そもそも自分は、本当に子どもがいない人生でいいのか。結婚できなくても後悔しないか。逆に、好きな仕事に就けているだけで恵まれているのに、なにが不満なのか。

仕事のことならてきぱきと判断できるのに、この問題については、なぜか身動きがとれなくなってしまう。母からすりこまれた人生観。非常勤としての立場。雄介との距離感。その辺りが複雑に絡まって、うまく整理できなくなる。だから忙しさにかまけて、決断を先延ばしにしていた。

お正月はなんやかんやと理由をつけて、実家には帰らなかった。

連休が終わると、他館から作品を借りる交渉を進めるだけでなく、展示室のレイアウトについても、真子と話しあった。

あらかたのプランはヨシダから送られているし、新作を展示する部屋はヨシダにほとんど任せている状況である。それでも、細かな作品の配置や、どのような動線で、観客になにを伝えるのかを考えるところは、腕の見せ所である。

「見せたいものが多すぎますよね。ヨシダさんってキャリアが長いから、それをまとめるなんて無理な気がします」

リストに目を通しながら、真子は頭を抱えた。

「たしかに回顧展ってヨシダさんの人生そのものだから、できれば全部を見てもらいたくなるよね。でもこのあいだアトリエに行ったときに、すべてを見せる必要はないってヨシダさんから言われたよ」

「どういうことですか？」

真子は眉を上げる。

「欲張って、あれもこれもって詰めこんでもいいことはなにもない。むしろ失敗の原因をつくるだけだって」

「ヨシダさんらしいですね」

展示のおおまかな起承転結を話しあったあと、発泡スチロールでできた展示室の模型を借りてくる。その縮小率に合わせてカラープリントした主要作品を、分厚い画用紙に貼りつけて並べれば、ミニチュア展示室の完成だ。どのくらいの大きさの壁にどのくらいの絵が入るのかが、モニターのなかで操作するよりも分かりやすい。

真子がメモをとりながら訊ねる。

「展覧会を組み立てるとき、どんなことに気をつけてます？」

「たとえば、防災上絵をかけられない壁を注意するとか、出入口や空調の位置もチェックするとか。あとは、人流が停滞しないような動線を心がけたりね。似たような展示がつづいたら飽きちゃうから、大きな空間に少ない作品を見せたり、逆にしたり、いろいろ試してみるといいよ」

「なるほど」と真子は肯く。

真子と打ち合わせをしながら、やっぱりこの仕事が好きだな、と史絵は思う。

ここしばらくのあいだ、ヨシダと展示プランをすり合わせながら、各館への借用申請書をまとめたり、図録の編集作業をしてもらう出版社と打ち合わせしたりと、やるべきことがたくさんある状態に助けられていた。なにより、各地に散らばってしまったヨシダ作品が集結することが楽しみでならない。

二人でわいわいと話しあっている最中、真子のスマホのアラームが鳴った。

「すみません、点検当番に行ってきます」

「え？　たしか昨日も、真子ちゃんが当番じゃなかった？」

「田仲さんが半休をとってらっしゃるんです。そういうときは暗黙の了解として、補佐員たちで回してるんですよね。それで、今日は私がやることになって。あとの作業は、それが終わってからでもいいですか？」

「なにそれ、田仲くんから直接頼まれたわけでもないのにってこと？　ていうか、あの人って有給だけは人一倍とってるよね」

「まぁ、そう言わずに」と真子は明るく笑って言う。「点検を交代するくらい、まったく負担じゃないんで。史絵さんがイラつく必要ないですって」

諭されると余計に腹が立つ。

給料で比べるのはよくないと分かっていながら、なぜ他のみんなはここまで田仲に甘いのだろう。明らかにやる気がなく、電話対応でもタメ口をきいたり、失礼な発言をしたりするのが耳につく。

史絵は感情を抑えられず、席から立ちあがった。

「真子ちゃん、今日は私が行ってくるよ」

「いいですって！」

「だって真子ちゃんこそ手一杯じゃない。今日のカタログの編集会議だって、まだ議事録とか書いてないでしょ？」

「そうでした。でも申し訳なさすぎますし」

「気分転換に行きたいの」

なかば強引に、点検当番用のグッズが入ったトートバッグを持って、史絵は展示室へと向かった。展示室のあちこちに設置された、温湿度測定器が指している数値をファイルに書きこみながら、史絵はモヤモヤを鎮めた。

何気なくスマホを確認すると、〈面接試験の詳細について／シブヤ美術館〉という件名のメールが届いていた。

世田谷区のシブヤ美術館に送った書類の審査が通ったことを、雄介は喜んでいた。当然のように面接に進むものと思っているようだが、実のところ史絵は、忙しさもあって本当に面接に行くべきか、最終的に決めかねていた。

けれど、田仲に対するモヤモヤ、もっと言えば、やる気のない田仲をみんなでフォローしている職場へのモヤモヤは、史絵の背中を強く押した。温湿度チェックの当番から戻る頃には、心は決まっていた。

3

二月中旬、史絵は面接に向かった。

予定時刻の十四時よりも二時間も早く、最寄り駅に到着してしまった。

新幹線のなかで、簡単な昼食を済ましていたので、史絵は駅の近くを散策した。高層ビルが密集し、空の面積は碧波市の半分以下だった。歩きながら、碧波市と無意識のうちに比べている自分に気がつく。せっかく上達した運転技術も、こういうところを拠点にすれば用なしになるだろう。

本当は仕事ができそうなカフェや近くの本屋に立ち寄って、環境をじっくり見定めようと思っていたが、どうも気分が乗らない。

早めに美術館に向かい、企画展と常設展をまわって、改めて館の収蔵品を確認することにした。勤めるかもしれない目線ではじめて眺めると、シブヤ美術館のコレクションはイメージ以上に質がよく体系的だった。現代のものを主軸とする白石美術館とは違って、オーソドックスな近代絵画も豊富に展示されている。

史絵はここで働いている自分を想像した。

雄介との同棲《どうせい》を再開させて、二人の職場の中間あたりに部屋を借りる。いよいよ結婚という話も現実的になるだろう。五年間の契約なら仕事量や責任も軽くなり、不妊治療もはじめられるかもしれない。大学時代の友人にも頻繁に会える。

でもどうしてか、心は躍らなかった。

スマホを見ると、雄介からＬＩＮＥが届いていた。

〈もう着いた？　今日の面接、がんばってね。といっても、シブ美の人たちは史絵をとる気まんまんだろうけどね。笑　課長さん、いい人を紹介してもらえてよかったって、もう喜んでたよ。俺も鼻が高い〉

本当かなと思ったけれど、雄介の励ましはあながち誇張ではなかった。面接官をつとめたのは、雄介と知り合いだというシブヤ美術館のベテラン学芸員であり、友好的で終始にこやかだった。

「貴山さんのお名前は、私も以前から全国学芸員会議でも、何度か耳にしたことがあったんですよ。優秀で働き者だってね。だから、そういう方に来ていただけると、こちらとしてもおおいに助かります」

自己PRやこれまでしてきた仕事についての話は、相手も興味を示してくれていることが伝わり、もうシブヤ美術館の職員に仲間入りしたかのように、和気あいあいとしたムードで進んでいった。

しかし史絵の心に暗雲がたちこめたのは、面接官からこう訊ねられたときだ。

「最後に、折り入って確認しておきたいことがあります。貴山さんとの契約は五年間が最長になります。その先の更新はないと思ってください。契約が終わったあと、どのようにしたいとか、なにかプランなどはありますか」

心づもりをしていた質問だった。

それなのに詰まってしまう。

きっぱりと「更新はない」と言われ、いずれ正規職員として雇ってもらえるかもしれないという下心が、打ち砕かれる。

もし採用された場合、五年後にどうすべきなのかを教えてほしいのは、むしろ自分の方だった。けれども、その不安を今この場でほのめかせば、雇ってもらえる可能性は低くなるのは明らかだ。

「五年後のことは、私自身も分からないのが正直なところです。でも美術が好きで、それに携わっていたい気持ちは変わりません。だから信念を持って、その都度私にできることをしていきたいです」

事前に準備していた答えだった。

こう答えておけば、相手も安心するだろう。けれども本心とは程遠い。交渉期間も含めれば、ひとつの展覧会に七、八年かけることもある学芸員の仕事では、五年なんてあっという間に過ぎてしまう。

「ありがとうございます。そう言ってくださって私たちも心強いです。貴山さんの方から質問や確認したいことなどありますか？　うちに来てもらう前提で、具体的なこともこの際なんでも訊いてください」

「あの、仮に採用していただける場合、働きはじめる時期なのですが、いつ頃からになるでしょうか？　できれば現職で担当している展覧会が閉幕する秋頃までは、勤務開始を待っていただきたいのですが」

「え、秋頃ですか」

面接官はとなりの職員と顔を見合わせた。そして互いに囁《ささや》いたり肯いたりして、渋い顔で答える。

「大変申し訳ないのですが、それはちょっと難しいでしょうね。というのも、館の予算の関係で、うちに来てもらえる時期はずらせたとしても一カ月が限度です。ですから、少なくとも貴山さんには五月には来ていただかないと……」

思った以上に動揺はしなかった。悔しいとか、一方的すぎるという腹立たしさよりも、やっぱりそうだよなという諦めの方が大きかった。自分のことをそこまで必要としてくれているわけではないのだ。

「数日中には、こちらからご連絡します」

自分がうまく笑えているのかも分からなかった。このあいだエイトに将来のプランはあるのかと訊ねたことが、ふと脳裏をよぎり、エイトに謝りたくなる。質問した張本人こそなんのプランもなく、先のことを見通せていないのだから。

面接のあと、史絵はどうしても誰かに話を聞いてもらいたくなり、諒子とあかりに連絡をしてみた。

〈東京にいるんだけど、今夜なにしてる?〉

十分もしないうちに、諒子から返事があった。

〈旦那が出張でいないんだ。よかったら、新居を見にくる?〉

運よくあかりも予定が空いていて、三人で集まることになった。

江東区《こうとう》にある諒子の新居は、外観は古いマンションだったが、室内はリフォームされていて広々としていた。成城石井《せいじょういしい》で買った手土産を渡してから、ビルの隙間から光を放つ東京スカイツリーを拝んだ。

「いい立地だね。しかもこれアイランドキッチンっていうんだっけ、憧れる！」

「築年数のある建物だから、せめてこれくらいはね」

真新しい食器を並べながら、テキパキと動いている諒子をまぶしく眺めた。また雄介と同居すれば、自分たちもこういう立派なテーブルやテレビを選ぶのだろうか。

やがてチャイムが鳴って、あかりが訪ねてきた。

あかりは、たまたま諒子と同じ沿線に住んでいるという。

「つくり置きしてあった余り物だけど」

そう断ってから、タッパーをキッチンに並べはじめる。地方出身のあかりは学生時代から生活力が高く、毎日お弁当を持参していた。

「すごい、豪華な女子会だわ」

「それにしても、すてきすぎる新居じゃない。このリビングダイニングだけでも、私が暮らしてるアパートより広いよ」

周囲をきょろきょろと見回しているあかりに、「大袈裟《おおげさ》だって」と諒子はワイングラスを手渡したが、自身だけコップにウーロン茶だった。ローテーブルを囲んで乾杯をすると、ほんの一瞬、学生時代に戻ったように錯覚する。

あの頃も誰かの部屋に集まって、バカ話をしたっけ。

「やっぱり結婚すると、いろいろと楽になるよ。家賃も折半できるし、独身のときよりも広いところに住めるし」

「いいなぁ、うらやましい」

「本気で言うんなら、天野くんとさっさと結婚しちゃえばいいのに」

さらりと諒子から言われて、史絵は肩をすくめた。

「それね、いろいろとうまくいかなくてさ」

「どうしたの？　このあいだ、都内で就職先が見つかりそうって言ってなかった？」

「じつは今日、その面接に行ってきたんだよね」

史絵が打ち明けると、諒子はクッションを脇に置いて「どうだった？　よし、今日は史絵の悩みを聞く会にしよう」と身を乗りだした。

その言葉に甘え、これまでの経緯を説明する。

婦人科に通院していること以外はすべて話した。

雄介からプロポーズめいた話をされたこと。しかしシブヤ美術館に転職しても、五年後に雇用期間を延長してもらえる可能性はなく、今担当しているヨシダカヲルの展覧会も途中で誰かに引き継がなければならないこと。

史絵が話し終わっても、二人は無言のままだった。

「どう思う？　このまま白石美術館に残るべきか、それとも、思い切って転職して雄介と結婚するべきか」

諒子は深いため息を吐くと、「意見を聞かれたからには、正直に答えるね？　ただし、友人だからこそ、きついこと言うかもしれないけど、いい？」と訊ねた。

「お願いします」

「私はソッコーで白石美術館を辞めて、東京に戻って天野くんと一緒に暮らした方がいいと思います。史絵って私と同じで、今年三十二歳でしょ？　さっき言ってたみたいに、本当に結婚したいならグズグズしてる場合じゃないよ。美術業界って女性ばっかりで、出会いも少ないって分かってるでしょ？　私だって仕事関係で出会ったとはいえ、切羽詰まってたんだから。二十代前半ならまだしも、気がついたらアラフォーになっちゃうよ」

「そうかな」と史絵は頭を抱えた。

「そうに決まってるよ」

諒子は語気を強める。

「仮に、史絵が現状に満足してて、今の美術館で骨をうずめる気なら、話は別だよ。でも東京に戻ってきたいって、よく愚痴ってるじゃない。このチャンスを逃して、天野くんとも別れることになったら、絶対に後悔しないって言い切れる？」

ぐうの音も出ないとは、このことだった。

「シブ美で五年契約になるのは残念だけど、結婚したら今と同じように働ける確証はどこにもないし、価値観も変わる。ましてや、妊娠して子育てもってことになったら、自ら常勤職を手放す人もいるんだし。人生において仕事がすべてじゃないよ」

「おっしゃる通りで……」

フリーランスとしてたくましく自立している諒子に言われると、説得力が違う。それに諒子の言うことは、端から端まで正論だった。口ごもっている史絵に、ずっと黙って話を聞いていたあかりが「うーん」と唸った。

「私は諒子ちゃんみたいには思わないけど」

「へ？」と、諒子が頓狂な声を上げる。

「私だったら、白石美術館で頑張るな」

「なんでよ」

不服そうな諒子の反応に、あかりはグラスをテーブルに置いて深呼吸した。

「だって今戻ったら、ヨシダさんの展覧会を投げ出さないといけないんでしょ？　それってタイミング的によろしくないし、それこそ後悔するんじゃないかな」

「それは……一理ある」

あかりらしい主張だ。

「あと、東京がどこよりもいいっていう価値観もちょっと古いよ。どこに行っても混んでいて、バカみたいに家賃が高いし、今時オンラインでいくらでも人とつながったり、情報を手に入れたりできる。碧波市なら都心へのアクセスもいいから、今みたいに必要なときや好きなときに気軽に行き来すれば十分だって、私は正直思うかな」

そこまで冷静に言うと、史絵に身体ごと向き直り、目をまっすぐ見つめた。

「それとさ、ふみちゃんって、天野くんのことが本当に好きなの？」

「え、なに急に……好き、だけど」と狼狽《うろた》える。

「でも今の話を聞く限り、心の底から天野くんのことを尊敬していて支えてあげたい、そばにいたいと思っているようには聞こえなかったよ。そんなので結婚しても、本当に幸せって言えるの？」

直球で言い当てられ、史絵は固まる。

たしかに今まで、自分がどうしたい、相手にどうしてほしい、ということを考えるばかりで、相手になにかしてあげたい、という視点があっただろうか。じつに自己中心的だったと急に反省する。

すると代わりに口を開いたのは、諒子だった。

「あのね、あかり。結婚なんて、百パーセント尊敬できる相手とするものじゃないよ。私だって妥協に妥協を重ねて、勢いに任せて決めたんだから。むしろ勢いがなきゃ、結婚みたいに難しい決断、誰もできっこないって」

「そうかもしれないけど」と、あかりは負けじと諒子の目を見て答える。「私はそんな風に妥協で選択していくんじゃなくて、自分のしたいことや好きなことを大切にした方が、本当の意味で幸せなんじゃないかと思っただけ」

学生時代も意見をぶつけ合って議論することは少なくなかった。けれども、年齢を重ねるごとに価値観がずれていることを、史絵は今までになく強烈に実感する。同じ世界に住んでいるつもりだったのに、こんなにも正反対な考え方だったとは。喧嘩すれすれの言い争いをはじめた二人に、史絵はつい圧倒された。

「なんか、ごめん。私がよく考えもせずに相談したせいで」

諒子はあかりと顔を見合わせたあと「謝ることない」と息を吐いた。

「こっちこそ。あかりの言うことも分かるよ。早くしないと間に合わなくなるって女はいつも脅されるけど、つねに焦らせてくる世の中の方がおかしいよね。ごめん、日頃から不満に思ってるくせに、偉そうなこと言って」

「ううん、全然」と、あかりも肩をすくめて見せた。「諒子ちゃんがうらやましいっていうのは事実だよ。でも、うらやんでも何もはじまらないから、私は私の道を行ってるって思おうとしてるだけ。そうしないと、やってられないもん」

神妙な空気を打開するように、諒子は言う。

「とりあえず、食べるか」

「だな」

誰も手をつけていなかった取り皿を、二人に配った。それから三人は、それぞれが準備した料理に箸を伸ばした。とくにあかりが持参してくれた料理はどれも好評で、「相変わらずの料理上手め」「胃袋摑まれるわ」などと、明るい雰囲気が戻った。

しばらく料理を楽しんだあと、諒子は「ていうかさ」と呟いた。

「さっきの話に戻るけど、つまりは史絵がなにを優先したいかだと思うけどね。仕事のやりがいにお金に家庭にって、なにもかも手に入れるなんて絶対に無理なんだし。それが明確になれば、自ずと答えも出るんじゃない？」

「本当にその通りだと思う。諒子もあかりも、大切なものを明確にしてるもんね。私からすれば、二人ともすっごい立派だよ」

心の底からそう告げると、諒子が寂しそうに笑った。

「いやいや、本当はさ、私だって全然選べてないんだ。たぶん史絵以上に迷ってばっかりだと思う。というのもさ、妊娠が分かったんだよ、一カ月前に」

「嘘、おめでとう！」

史絵が声を弾ませると、あかりも拍手を送った。

「やっぱりそうだったんだね。今日最初に諒子ちゃんのこと見たときに、なんとなくそうかなとは思ったんだ」

「本当にめでたいね」

心から祝福しつつも、さらに諒子が遠ざかってしまったような寂しさも感じる。

「ありがとう。でもフリーランスとしては、やっぱり子どもができると不安しかないよ。長く休んだら仕事なくなっちゃうし、旦那は忙しくて家事もしないし。恋人同士だったときは気楽だったけど、いざ家族が増えると、いろいろと変わってくるよね。私自身も、どれもこれもっていうわけにはいかないなって実感してる」

「結婚って、してもしなくても大変なんだね」

「本当に。やっぱり旦那の方が収入も上じゃない？　私なんて、今まで実家の後押しがあったからこそやってこられたし、自転車操業みたいなものだし」

諒子らしくない弱腰だ。想像以上に苦労していると窺い知れた。

雄介の実家に遊びにいった日のことが、自ずと思い出される。リビングは隅々まで掃除されていて、料理もお店に出てきそうなクオリティだった。すべて母親が一人でこなしているらしく、史絵以外の誰も席を立とうとしなかった。

自分が育ってきたような家庭を、雄介も望むのだろうか。


諒子の新居でひとしきり食べて飲んだあと、あかりと二人で地下鉄の駅まで歩いた。大通りから一本入った裏路地は、寒さのせいか人影も少ない。

「今日は私のことばっかり話しちゃってごめんね。あかりは最近どう?」

史絵も諒子も悩みを打ち明けたが、あかりだけ自分のことを口に出さなかったのが気になっていた。

「そんなことないよ。ただ、私こそ将来の不安だらけかな。私なんかにとっちゃ、諒子ちゃんもふみちゃんもうらやましいよ。堂々とパートナーだって言える相手がいて」

在学中から、あかりの浮いた話は一度も聞いたことがなかった。もともと恋愛に興味がないのか、打ち明けられない事情でもあるのかと推測して、あまり触れなかったが、今の彼女はどこか話したそうだった。

「じつはさ、私、今だから言えるんだけど、ずっと不倫してたんだよね」

「嘘っ」

つい大きな声が出てしまった。あかりは困ったように笑い、「ごめんね、今までなにも言ってなくて。みんなも知ってる相手だったから」と白状した。

「誰なのか、聞いてもいい？」

信じられないことに、あかりが口にしたのは母校の大学で教鞭をとっている講師の名だった。史絵は一度だけ授業を選択したことがある程度で接点もほとんどなかったが、あかりは卒業論文で世話になっていたし、卒業後も連絡をとりあっていた。若くて爽やかな外見のおかげで人気があったが、女子学生に手を出すようなタイプだとは想像もしなかった。

「在学中から関係はあって、卒業後も、無償で翻訳を手伝ったりしててさ。今教えてる大学の非常勤のポジションだって紹介してもらって。研究者としては今もすごく尊敬してる。でも女性としては、いいように利用されてたのかもしれない。奥さんとも全然うまくいってないって聞いてたんだけど、最近じゃバレそうだから会う回数を減らしたいって。真に受ける方がどうかしてるよね」

史絵はなんと答えてよいのか分からず、淡々と話すあかりの横顔を見守るしかできなかった。学生時代からで、しかも無償で翻訳を手伝わせていたなんて、あかりの気持ち次第では、アカハラやパワハラで訴えることもできそうだ。しかし今それを指摘したところで、あかりの気が晴れるとも思えない。

「今もつづいてるの？」

少しあってから、あかりは肯いた。道が暗くて、表情はよく見えない。

「終わらせるべきだって、頭では分かってるよ。というか、今日諒子ちゃんとふみちゃんの話を聞きながら、やっと目が覚めた。最初のうちは、諒子ちゃんみたいに合理的に考えられる人ばっかりじゃないって腹も立ったけど、それって痛いところを突かれたからなんだよね。自分のダメさから目を逸らしたかっただけ」

「そっか……私はあかりが幸せになれる方法が見つかるといいなって思うよ。私でよかったら、いつでも話聞くからさ」

「ありがとう。本当は飲み直したいけど、今日は疲れたから帰るね。近いうちに、碧波市にも遊びにいかせて」

「もちろん、楽しみにしてる」

地下鉄の出口から階段を下り、改札口をくぐってホームに向かうと、ちょうど電車がやってくるタイミングだった。あかりはいつも通りのおっとりした笑みを浮かべながら、こちらに手をふる。しかし反対側のホームにも別の車両がすべりこみ、最後になにかを呟いたあかりの声は、轟音《ごうおん》にかき消された。

4

私用の受信ボックスをひらくと、〈シブヤ美術館／採用について〉という件名のメールが届いていた。

〈厳正なる選考の結果、貴殿の採用を決定いたしました〉

予想していた文面だったが、いざ通告されてしまうと、仕事が手につかなくなる。時計を見ると、まだ午後三時だった。会議も終わり、あとはデスクワークをこなすだけで、残業もないだろう。

史絵は席を立って、課長に外出許可をもらった。

「ヨシダさんのアトリエに行ってきてもいいでしょうか」

「今日、その予定だったっけ。深瀬さんも教育普及室の打ち合わせ中でしょ？」

「そうなんですが、週末までにお渡ししたい資料があって」

適当につけた理由だったが、課長は疑わずに「そういうことなら」と承諾してくれた。

地下駐車場から出ると、今朝から降りつづいていた雨が、いっそう強くなっていた。ワイパーを最速にしても、フロントガラスに滝のような水が流れる。見上げると、鉛色の雲が重く垂れ込めていた。

今日は止《や》めておいた方がよさそうだけど――。

けれども、史絵はアトリエに向けて運転をつづけた。

冷静になって考えれば、今の状況は、白石美術館のスタッフだけではなく、ヨシダのことも裏切っているわけだった。こそこそと転職を検討し、他館に面接まで行き、ついに採用までされてしまった。ヨシダの企画も、早く誰かにバトンタッチしなければならない。

うしろめたさから、オフィスにも居づらかった。

自分がどうしたいのかが分からない。アトリエに向かっているのだって、もちろん、転職について話すつもりはないし、引き留めてほしいわけでもない。ただ、ヨシダに会って、いつものように話がしたかった。

目の前の道は、大雨の飛沫で少し先さえもかすんでいる。

アトリエ近くの山道に入ると、雨脚は弱まったものの、昼間だと信じられないような暗さだった。のろのろと車を進めて、いつものスペースに駐車する。

本当に来てしまった——。

しばらく運転席で悶々《もんもん》とするが、もうこちらが来たと気づかれているかもしれない。このまま帰るわけにもいかなかった。意を決し、大雨が降りしきるなか、傘をさしてアトリエに小走りで向かう。

扉を叩くと、驚いた表情のヨシダに出迎えられた。

「こんな天気のなか、大変だったでしょう？」

「申し訳ありません、急に来てしまって」

「大丈夫ですよ。いつでも来ていいと言ったのは、私の方だから」

とはいえ、数週間前に打ち合わせを終えたばかりなうえに、土砂崩れが起きてもおかしくない悪天候だ。史絵は恐縮して頭を垂れながら、いつも通り招かれるままに居間のソファに腰を下ろす。

制作スペースからエイトが現れる。

「え、なんで？　よくここまで来られたね」

「すごい雨だもんね。エイトくんは今から帰るところ？」

「帰れなくなったら、ヨシダさんに迷惑なので」

きっぱりと言われ、考えもなく来てしまった自分が、余計に恥ずかしくなる。踏んだり蹴ったりというか、今日はなにをしても裏目に出そうだ。

「エイトもそう言わずに。せっかく貴山さんが来てくださったんだから、コーヒーでも飲んでから帰れば？」

エイトは真顔で首を左右にふると、レインコートを羽織って出ていった。

二人きりになると、ヨシダは無言でコーヒーを淹れて、カップを史絵に手渡す。真冬に逆戻りしたような寒さなので、ほっと一息つく。こちらの様子を見て、ヨシダは満足げに肯いてみせた。

「私もね、雨の日に傘を持って出られた例《ためし》がない性格なんです。今となっては、ほとんどここから出ていかないから、問題はないけれど」

お茶目な自嘲に、史絵の心はやすらぐ。

「ありがとうございます」

もし一言でも責められたり、雨のなかの訪問を呆れられたりしたら、心が折れていたかもしれない。自己嫌悪で張り詰めていた感情が、ヨシダの軽口のおかげでほぐれた。

そのとき、激しい雨音にかき消されるように、玄関の方で物音がした。見にいくと、ずぶ濡《ぬ》れになったエイトだった。レインコートを脱ぎながら、「木がごっそり倒れてて、道路が塞がれてた」と言う。

「え、怪我はない?」

「僕はね。ただ、通行禁止だって」

思わずヨシダの方をふり向くと、肩をすくめていた。


その夜は、アトリエに一泊させてもらうしかなかった。金曜日だったのは、不幸中の幸いだった。終業時刻の少し前に、荷物を持って出発したのも助かった。ネットの電波がつながらないのは不安だが、早急に連絡が必要な案件はない。

エイトがつくった料理を食べて、ヨシダが普段使っている風呂に入った。どれだけ作品について言葉を尽くして説明されるよりも、ヨシダという人の本質に触れるような、濃厚な体験だった。

「いろいろとお借りして、すみません」

寝袋の準備を終えたあと、ヨシダは史絵にお茶を淹れてくれた。

「こういう場所に暮らしていると、備えるようになるんですよ」

当然のように答え、お茶をすする。

猛烈な雨のピークが、ふたたびやってきた。お互いの声も聞こえづらいくらい、激しい雨が屋根に打ちつけている。

「止みそうにありませんね」

「でも、いずれは止むでしょう」

「そうですね」

肯きながら、史絵は不安がつのる。明日になれば、山を下りられるだろうか。

「なにかあったんじゃない？」

ヨシダは三毛猫をなでながら、こちらを見ないで訊ねた。

「……私ですよね。本当にすみません、急に押しかけて」

「謝らなくてもいいですよ。ただ、今日の貴山さんは、いつもとちょっと違うなと思っただけです」

シブヤ美術館から届いたメールが、頭をよぎった。

ほんの少し雨音が小さくなると、ヨシダは優しく声をかける。

「話してみたら、楽になるかもしれませんよ。なにを悩んでいるのか」

深呼吸して、目を閉じる。

「なんというか……なにを悩んでいるのか、自分でもうまく言葉にできないんです。自分がどうしたいのか、なにを選びたいのか。現状のままだと、なにもかもがダメになってしまいそうで。自分にはどうにもできないし、できない自分をどうすればいいのか……そんな風にぐるぐると堂々巡りで」

感情はとめどなく溢れてくるのに、言葉に詰まって、うまく説明できない。

「つまり、なにかを優先して、なにかを捨てなきゃいけないんですね」

史絵はあいまいに肯いた。

意外にも、真っ先に浮かんだのは、雄介のことだった。

「その……恋人が、東京にいるんです。ずっと付き合っている人なんですが、お互いの年齢的にも、そろそろ結婚を考えていて」

「そうでしたか。好きな人とは、近くにいたいでしょう。私にも身に覚えがあるから、その寂しさはよく分かります。せっかく両想いなら、そう簡単に手放しちゃいけない。これは年寄りの助言です」

共感を寄せるような口調に、史絵は安堵した。

「でも恋人としては、遠距離で関係をつづけるのは難しいみたいで」

「貴山さんの仕事を尊重してくれないわけだ」

意を決し、ひと思いに打ち明ける。

「そこがつらいところなんです。でも彼の言うことも正しくて。大学の同級生には、結婚して妊娠した子もいるんですが、先日、同級生二人に今の状況を打ち明けたら、片方は今すぐ結婚するべきだっていう答えで、片方は仕事を優先させるべきだっていう答えでした。真逆だったんです。正解はないんだろうけど、自分がどういう風に生きたいのか、ますます分からなくなってしまって」

顔を上げると、ヨシダは意見を押しつけることもせず、黙ってほほ笑みを浮かべて、こちらを見つめていた。

「だから、取捨選択しなきゃいけないと思った、と。どれも大切なのにね」

温かい視線を感じながら、史絵はうつむく。

「でも裏を返せば、どれも大切じゃないのかもしれません。本当に大切だったら、迷うことなく選べると思うから」

「そんなことないでしょう。選べないのは、いろんな状況や人間関係のせいもあります」

断言してもらえて、史絵は目頭が熱くなった。

涙を誤魔化すように、ずっと思っていたことを切りだす。

「私、ヨシダさんの過去の絵を見て、自分が描かれていると思ったんです。家庭的な女性像とか、一人きりなところとか。全然違う境遇に立たされているけれど、潜在意識が描かれているというか、他人事ではないように見えました」

「そうだったの」と、ヨシダは目を丸くした。「あなたの世代の方にも、そう思ってもらえたとは光栄です」

「もちろんです。だから昔のインタビュー記事を読んだとき、すごく励まされたんです。闘ってらっしゃったんだなって。今の私も同じところがあるから、共感しました。その、女性として」

膝の上で気持ちよさそうに寝ていた三毛猫を床に下ろし、ヨシダは息を吐いた。

「でも、それは女性に限らないんじゃない?」

「え?」

「もっと普遍的な問題だと思いますよ。今の貴山さんの話だってそう。とくに若い人は、置かれた境遇と葛藤しつづけるものだから。こんなはずじゃなかった、もっとこうあるべきだって思いながらね。その証拠に、私は年をとって余分なものを手放して、期待もしなくなったから楽になりましたよ」

拍子抜けした。

フェミニズム的な思想を強く持っている人だと信じこんでいたからだ。現に、ヨシダは女性ならではの難しい問題に直面してきたことを、今まで教えてくれた。けれども、本人はいたってフラットな立場から、作品をつくりつづけていたとは。

「すみません……勝手に勘違いしてしまって。でもヨシダさんと話していたら、なんだか吹っ切れました」

ヨシダは控えめに笑った。

「思った通りだ」

「なにがです?」

「あなたは強い人。だから、きっと大丈夫」

このときほど、誰かの「大丈夫」に勇気が出たことはなかった。

ヨシダは立ちあがり、額に飾ってあった絵を手にとる。

森を描いた最近のドローイングだ。

「差しあげますよ」

「よろしいんですか？」

「前に、このドローイングが好きだって言ってくれたでしょ？　いいねって誰かに言われると、その人にあげたくなる性分でね。私よりも、貴山さんが持ってくれている方が、この絵も喜ぶと思うので」

礼を伝えながら、また涙腺がゆるみそうになった。

風が時折ガタガタと窓ガラスを鳴らすが、しだいに守られているという感覚をおぼえる。嵐が来ると、山奥は災害に見舞われるという先入観があったが、夜が更けるほどに、意外にも森に抱かれているという安心感が深まった。

「ヨシダさんみたいになりたいです」

「やめた方がいいよ。私なんて、ただ好き勝手に生きているだけだから」

「でもそれって、すごいことだと思いますが」

「他人様《ひとさま》の敷いたレールの上を歩くのが、単純に嫌なだけです」

抑えた声で笑ったあと、ヨシダはしみじみとつづけた。

「世の中には、生き急ぐ人もいるけれど、どれだけの仕事をしなきゃいけないって、誰にも決められないでしょう。私はお腹がいっぱいになれて、自分にとって心躍ることを見つけられれば、なんの不満もないんです。早く朝が来て、新しい絵を描きはじめたいな、なんて思いながら、布団で眠りにつければ、ね」

ヨシダが書斎として使っている空間は、六畳ほどのこぢんまりした和室だった。壁には本がぎっしりと収納されていた。美術に関するものは少なく、大半が森や山の生態系や生き物に関する専門書だった。ずいぶんと昔に出版され、背表紙が色褪せて読みこまれた形跡の本が多かった。

史絵は畳に布団を敷いて身を横たえたが、眠気はいっこうに下りてこなかった。代わりにヨシダがここで過ごしてきた時間について考えた。絶えずネット記事やSNSの投稿を追いかけてしまう今、想像もつかない生活だ。

しばらく横になって、雨に打たれる木々の影を見つめた。なぜかどんどん目が冴《さ》えて、洗面所に立つことにする。部屋に戻ろうとすると、居間のソファで寝そべっているエイトと目が合った。

「なにを読んでるの?」

「ヨシダさんが好きだって言ってた本」

エイトは文庫本をひらいたまま答えた。近づいて見てみるとエミリー・ディキンソンの詩集だった。

「難しそうだね」

「うん。ただ、言ってることはよく分からないけど、余白は絵本並みにあるから、たくさん読んだ気にはなれる」

真面目な顔をして言うエイトがおかしくて、史絵は笑った。

「眠れない？」

「うん」

「気持ちは分かるよ。ヨシダさんってすごく親切だけど、ここの家にあるシーツはちくちくして、眠るにはちょっと快適じゃないよね。前から思ってて、口には出さないようにはしてたんだけど」

史絵はまた笑ってしまう。

「笑わせるようなこと、言ってないけど」と少しむっとした表情になる。

「そうだね。となりに座ってもいい？」

エイトは躊躇したあと「いいよ」と答えて、ソファの片側に移動した。雨の音がいっそう大きくなった気がする。エイトは落ち着かないのか、文庫本をパラパラ漫画のように何度も指先でめくった。

「今日、貴山さんが来たの、すごく意外だった」

「自分でも反省してる、悪天候なのにとつぜん押しかけて」

エイトは文庫本を置いて、真面目な顔で言う。

「そうじゃなくて、天気予報もしっかり確認して計画を立てていそうな人だから。失敗知らずっていうかさ。僕と違って。だから感心した。貴山さんでも不測の事態に陥ったり、うっかりミスをするんだなって」

「それ、褒めてるの？　貶《けな》してるの？」

冗談っぽく返すと、エイトは笑った。

エイトと冗談を言って笑い合えるのは、はじめてだった。

「このあいだの話さ、考えてみたよ」

「この先どうするかっていう話？」

「うん。考えたけど、やっぱりよく分からない。単に平和に生きたい、しんどくないように生きたい。でもその反面、なにかを目指してみたい、まともになりたいって思う自分もいる」

「まともって？」

エイトは触ると痛いおできにでも手をやるように、しばらく頭をなでた。

「うまく言えないけど、まともじゃないっていう言葉の意味なら分かる。たとえば、自分がどう見られているのかが気になると、なにもできなくなるんだ。誰かに話しかけるのも、足を一歩動かすのも、息をするのも、やり方を忘れてしまう。当たり前にできていたことほど、難しくて途方に暮れる。つまり、まわりと合わせられないっていうのが、まともじゃないってことだと思う」

まわりと合わせられない感覚は、史絵にも身に憶えがあった。高校に馴染《なじ》めないと感じたからこそ、自分と向き合える美術館で働きたいと思うようになったのだ。その感覚はヨシダも抱いていたものかもしれない。

「このあいだの噴水の作品もさ、担当の職員がお礼言ってたよ。それだけじゃなくて、エイトくんにはいろいろと感謝してる。ヨシダ展の準備でも、十分力になってもらって助かってるよ」

「そうかな」とエイトはこちらを見ずに、ぶっきらぼうに言う。

「うん。だから、エイトくんはエイトくんのままでいいんじゃないかな。本心ではしんどくないように生きたいのに、なぜかつい何者かになろうとしたり、他人に勝手な期待を抱いたりして、結果的にしんどくなってしまうのは、私や他の人だって同じだよ」

ヨシダの受け売りだが、自分にも言い聞かせる。

「今の言葉で、思い出した」

「なにを？」

「少し前に、ヨシダさんの展覧会をやりたいって言いにきた人がいたんだ。でもヨシダさんのことを知ったかぶりして、本当はヨシダさんのことをなにも見ていなかった。あなたのためを思っているという風に近づいておいて、結局は自分のためでしかない。僕はそういう無責任さが、本当に嫌だったんだ」

肯きながら、自分も同じじゃないか、と史絵は反省する。

山に投棄され腐臭を放っていたゴミの山を、エイトがこつこつと拾っていたことが、ふと頭をよぎった。

「でもさ、そのときにヨシダさんからも教えてもらって」

エイトが毛布を肩にかけ直し、こちらを見た。

「うん?」

「人はそういうものだって、受け容れるしかないって。相手の事情ほど、こちらからは見えづらいものだから。いくら裏切られたと思っても、腹を立てたって仕方ない。嫌なことは早く忘れて、前を向くんだって」

「本当にそうだね」

「眠くなってきたからそろそろ寝るよ」と、布団をかぶり直す。

「分かった、おやすみ」

エイトはすでに眠るモードに入ってしまったらしく、返事はなかった。

廊下に出ると、風音がぴたりと止んでいた。

さっきまで窓ガラスを伝っていた線状の流れが、斑点状の水滴になっている。嵐は去っていた。どうせ眠れないのだからと、史絵はそのまま書斎に戻るのではなく、物音を立てないように気をつけながらコートを手にとって、屋外に出ていった。

見あげると、澄んだ大空に星々が広がっていた。

くっきりした半月のおかげで、電灯がなくても、木々の葉一枚一枚が見てとれる。嵐が去ったことを祝うように、虫たちの声が一斉に聞こえてきた。頬をなでる風は澄みきって、深呼吸をすると、かすかに春の香りがした。

明日シブヤ美術館の人事係に、辞退の連絡をしよう。まだ白石美術館からいなくなるべきじゃない。少なくとも、ヨシダ展はやり遂げよう。別の職場を探すのは、それからでも遅くないはずだ。

あれだけ濃く立ちこめていた霧が、一気に晴れた気分だった。

そのとき、スマホの音が鳴って、現実に引き戻された。

見ると、母からの不在着信の知らせが、なぜか今届いていた。

圏外なはずなのに、どうして——。

嵐のせいで電波が不安定になったのか、それとも、今アトリエに来ていること自体が夢のなかの出来事なのか。ここはどこだろう。自分はどこにいるのだろう。とっさに両腕で自分を抱きしめる。やっとヨシダやエイトに心をひらきはじめた自分が、遠ざかっていきそうだった。

V

1

週明け、ひどい生理痛に襲われた。

生理前日は、出血する前から腹の辺りが重く、肌荒れもあって、そろそろかな、とは思っていた。その夜中、痛みで目が覚めた。布団から出られなくなることを見越し、枕元に置いておいた鎮痛剤を、ペットボトルの水で流しこむ。

数カ月前、医師に副作用について相談したところ、ピルの種類を変えてはどうかと提案され、その通りにしたものの、それまで以上に合わなかった。また、病院に行かなくてはと思いながら、先延ばしにしていた。

多めに飲んだ薬が効いている気配はない。トイレに行くと、見なかったことにしたくなるレベルの出血があった。シーツも汚れていそうだが、とりあえず横になる。染みになるのは煩わしいが、今すぐ洗う気力なんてない。

毛布をかぶって、スマホを操作する。

フライヤーも招待券も今日までに入稿してほしいと言われていたのに、最終的な確認が終わっていない。ホームページに掲載する情報も、まだチェックできていなかった。施工業者との打ち合わせもある。

美術館に電話をかけると、総務課の女性職員の声がした。体調が悪いので、午前休をとりたいと伝える。女性職員は「お大事になさってくださいね」と、通話を切る前にねぎらってくれた。こういうときに救われるのは、誰かからの優しい一言なのだと実感する。

つぎに、LINEを打った。

〈真子ちゃん、おはようございます。本当に申し訳ないんだけど、体調が悪くて、午前休をもらうことにしました。フライヤーの入稿があるので午後から出勤します。打ち合わせは真子ちゃんだけで対応してもらえますか？　判断できないところはあとで私が確認するし、急いで決めるところは課長に訊いてもらっても大丈夫です〉

そんな文面をタイプしながら、スマホってこんなに重たかったっけ、と視界がゆらぐ。普段の自分が当たり前にこなせていることを、想像もつかないほど難しく感じる人は、たくさんいるのだろう。

エイトもそうだったのかもしれない。集団行動、高校生活、就職など、他の人には難なくこなせても、大きなハードルになる人もいる。そのことを責めるなんて、誰にもできない。病気になってはじめて、自分はなんと傲慢だったのだろうと怖くなる。知らず知らずのうちに、誰かを傷つけていたかもしれない。

〈大丈夫ですか？　無理なさらないでくださいね。フライヤーの入稿ですが、よかったら私

がしておきますよ！〉

真子からは、すぐに返事があった。

少し迷ってから、史絵は〈大丈夫です。今日が難しかったら、入稿の日程をずらしてもらうように打診します〉と送った。

本当は、真子にお願いすることもできた。けれども以前、真子にお願いした印刷物のなかに、日付と曜日のズレを見つけてしまった。それ以来、史絵のなかで線を引くようにしていた。補佐員に任せていいことと、任せてはいけないこと。

既読になったが、数分待っても返事はなかった。任せればよかったかな、と少しだけ後悔する。忙しいのは真子も同じで、そんななか気を遣って提案してくれたのだ。エイトのことで反省したばかりなのに。

それにしても、痛い。痛くて、頭がぼうっとする。お腹のなかの粘膜を、巨大な石でゴリゴリと削られているような鈍い痛みだ。間隔を置いて、どんどん強くなっている。子宮内膜症以外にも異常があるのではと怖くなる。

図書館で借りてきた体験本を読んでいると、盲腸と診断されて重い生理痛の原因がずっと分からなかったという事例や、逆に子宮内膜症と言われたものの、じつは癌を併発していたという事例もあるようだった。

史絵は寝返りを打つが、今度は冷や汗が出るほど激しい痛みがあって、トイレに駆けこんで吐いた。せっかく飲んだ薬も出てしまったと思ったが、ベッドに戻って目を閉じると、やっと痛みが引いて、短い夢を見た。

夢のなかで、史絵は入院していた。

ベッドの脇では、母が赤ちゃんを抱いていた。母は記憶にないくらい、穏やかで幸せそうなほほ笑みを浮かべながら、赤ちゃんを見つめている。史絵も同じくらい幸せだった。言葉を交わさずとも満ち足りている。

赤ちゃんのうっすらと産毛の生えた頭部からは、ミルクの素朴な香りがした。目もほとんど開いておらず、肌はまだ赤く、ところどころ青白かった。伸ばした小さな手の指には、精巧な金細工のような爪が生えている。

目が覚めてから、どうしてそんな夢を見たのかと考える。

嵐の夜、とつぜん母から着信があったことに思い当たった。久しく母の夢を見ていなかったのに。少しずつ意識をはっきりさせながら、史絵はそれまでの光景をふり返った。このままだと叶わなそうな未来だった。

とつぜん高い音が鳴って、心臓が跳ねた。

インターホンだった。

宅配業者かな。申し訳ないけれど、起き上がるのもつらいので、再配達をお願いしようと布団をかぶり直す。しかし何度も連続して、インターホンが鳴り響く。こんなに強引に呼ぶだろうか。史絵は毛布をはおって玄関まで移動し、ドアを開けた。

立っていたのは、雄介だった。

彼も史絵と同じように驚いている。

「何回も電話したんだけど、つながらなくて」

雄介はシャツにジャケットというフォーマルな格好をしていて、プライベートで遊びに来たわけではないらしい。

「……ごめん、体調悪くて。どうしたの、急に」

「どうしたのって、こっちの台詞《せりふ》だよ。前から約束してただろ。職場に連絡しても来てないっていうし心配してたんだけど。そんな言い方する？」

「あー……そっか」

一カ月ほど前、雄介はとなりの県にある公立美術館に、東京西洋美術館のコレクションを貸し出すために、クーリエとして輸送の立会いをしにくると連絡をくれた。時間をつくって二人で会おうという会話も、ここ数週間の目の回るような忙しさで、頭から締めだされてしまっていた。

「せっかく来てもらったのに悪いんだけど、早く準備してオフィスに行かなきゃ。駅まで一緒に行こう」

「は？　その様子じゃ絶対やめた方がいいでしょ。顔色も超悪いし今の今まで寝込んでたんだしさ、今日は無理しないで休ませてもらえよ。俺も一緒にいられることだし、食事とか薬なら買ってくるから」

「たかが生理痛だし、心配しなくていいよ。今日中にチェックしなきゃいけない仕事も残ってるから。ていうか、雄介には関係ないでしょ」

こちらが忘れていたとはいえ、とつぜん訪ねてきた雄介に苛立つ。

彼はたちまち眉をひそめる。

「関係ないってなに？」

ドアを開けたままの雄介のうしろを、マンションの同じ階に住んでいる隣人が通りすぎた。史絵はため息を吐いて「とりあえず入って」と雄介を招き入れた。

史絵の暮らしている美術館から目と鼻の先にあるマンションに、雄介が足を踏み入れたことは数えるほどしかなく、この日は史絵の体調をうつすように散らかっていた。痛み止めをペットボトルの水で飲んだあと、窓を開けてシーツの汚れを布団で隠す。

スマホを手にとるが、案の定、電源が落ちていた。卓上時計に目をやると、午後三時を過ぎている。内心、舌打ちした。午前休のつもりだったので無断欠勤になる。ちゃんと充電して、アラームもセットしておけばよかった。

とりあえず、ポットで湯を沸かし、お茶を淹れた。

「体調悪いんだから、なにもしなくていいよ」

雄介はソファから腰を上げて手伝おうとするが、史絵は「私も飲みたいし、これくらいできるよ」と答えた。沈黙を埋めるためにテレビのスイッチを入れると、久しく見ていない夕方のニュース番組がはじまっていた。

「たかが生理痛って言うけど、病院行かなくていいの？」

「大丈夫だってば」

「いつもつらそうだね。連絡してくれればいいのに」

「でもすぐ来てもらうとか無理だし、来てもらってもしんどいのは変わらないし」

冷たい声で答えると、雄介はムッとしたような表情になる。

「ていうか、史絵って大事なことは絶対に相談してくれないよな。シブヤ美術館のことだってちゃんと話し合いたかったのに」

今ここでそれを持ちだすのか、とお腹の重みが増した。

採用試験の結末については、短文で一方的に伝えただけだった。どうして面接まで受けにいって断ったのだ、嫌なら最初から受けるべきじゃなかったのに、と責められるのは目に見えていたからだ。

「話し合っても仕方ないでしょ？　向こうは今すぐ働ける人を探してて、私はタイミング的に難しかったっていう単純な話だもん。問題だったのは、私がそのことを面接まで知らなかったのと、交渉の余地はなさそうだったってこと」

雄介は深いため息を吐いた。

「でもそんなこと言ってたら、いつまで経っても他の職場にうつれないだろ。転職するときって例外なく、それまで抱えていた仕事を引き継ぐもんなんだし、そのことも織り込み済みでの契約なんだから、史絵を責める人は誰もいないよ」

「そうじゃなくて、今やってる仕事を途中で投げ出したくなかっただけ。私がつづけたかったの」

史絵が言い切ると、雄介は眉をひそめた。

「今の仕事って、ヨシダカヲルの展覧会?」

「他にないでしょ」

「そっか」と雄介は目を逸らす。

「なにか文句ある?」

「前から不思議だったんだけど、そんなに重要な人なのかな。本人に会えば、そりゃ情や親しみだって湧くかもしれないけど、一生付き合っていくわけじゃないし。展覧会が終われば関係も終わる。数ある展覧会のひとつなのに、せっかくのチャンスを棒にふるなんて理解できない」

「私を責めにきたんなら、悪いけど帰ってよ。一生懸命にみんなで成功させようとしている仕事を、投げ出さずに最後までやり遂げたいだけで、どうしてそんなこと言われなきゃいけないの?」

史絵が声を荒らげると、雄介は「そう怒らずに聞いてよ」と目を閉じる。

しばらく沈黙した。いつもそうだった。言い争いになるとき、史絵の方が堪《こら》えきれず、感情的に白熱して自爆する。一方、雄介は冷静にそれをたしなめつつ、ぐさりとくる最低限の一撃で応戦する。

「今更言っても遅いけど、一回冷静に考えてほしかったよ。ヨシダカヲルなんて、今では忘れられた画家に関心を持っている人がどのくらいいる？　有名なわけでも、新人として可能性があるわけでもないのにさ。ただ碧波市に縁があるってだけで。正直キュレーターとしてのキャリアにも、そこまでプラスになんないよ」

「自分のことだけ考えれば、雄介は正しいかもしれない。でもヨシダさんにとっては、人生最後の展覧会になるかもしれないいんだよ。それに、ヨシダカヲルを憶えていて作品を見たいっていう人も、少なからず存在する。私だってヨシダさんと接しながら、見落としていた大事なことを教わってるし――」

そのとき、充電中だったスマホの画面がぱっと明るくなった。手にとって、メールやLINEを確認すると、印刷物の締め切りに関する連絡と協賛に関するやりとりが、追いきれないほど届いていた。真子からの返信はない。史絵は深呼吸をして「職場に電話するから、ちょっと待ってて」と部屋を出る。

まずは、課長に電話する。課長は、体調が回復しなかったのだろうと、総務課に休むことを代わりに伝えてくれていた。また、真子にも個人的に電話をすると、打ち合わせは無事に終わったと報告を受けた。印刷物の締切日は延ばしてもらうように、先方に代わりに連絡を入れておいてほしいとお願いしたが、真子の声色は珍しく固かった。今朝は真子を全面的に信頼するという判断もあったかもしれないと悔いながら、電話を切った。

腹痛はいくぶん楽になっていた。

リビングに戻ると、テレビのスイッチは切られ、雄介がテーブルのうえに置きっぱなしにしていた薬を持っていた。

しまった――。

が、時すでに遅しだった。

もう片手に持ったスマホで、雄介は錠剤の効用について調べている。

「勝手に見ないでよ」

「いつから飲んでるの？　俺たち避妊してるよね。どういうこと？」

「低用量ピル、イコール避妊みたいな発想やめてください」

「それなら、ちゃんと説明してよ。悪いけど、俺は男だからさ」

「私、病気が分かったの。子宮内膜症っていって、子宮の内側にできるべき内膜が、子宮内以外のところにできちゃう病気。そのせいで生理が異常に重くなったり、不妊につながったりするらしいの。このあいだの健康診断のあとに婦人科に行ったら、そう診断された。治療には手術と薬の二種類があるらしくて、今は薬で治療してる。ピルはそのための薬」

目を合わさず、苛立ちを隠すように早口で説明した。

雄介は「病気だったのか」と呟いた。「そういうことなら、なんで俺に話してくれなかったんだよ。恋人ってこういうときに支えるためにいるのに」

「女性の病気だし言いづらいよ」

史絵はもうこの話を終わらせたくて、台所に立つ。空腹を感じ、雄介が出張先から持ち帰ってきた菓子の包装を開けた。雄介はソファに座ってスマホをいじっていた。

「少し調べたけど、珍しくない病気みたいだね。ちょっと安心」

菓子を食べようとした手が止まった。「珍しくない病気」だから深刻ではないと判断するのは合理的かもしれないが、あまりにも乱暴すぎる。当事者の気持ちを想像すれば、易々《やすやす》と口にはできないはずだ。

「俺さ、思ったんだけど、やっぱりこれはいい機会だよ。今まで史絵は頑張りすぎてたんだって。誰も来ないような田舎の美術館で、こき使われてる場合じゃない。世間では女性の権利とか、男女平等とか叫ばれてるけど、女性が男性と同じくらいがむしゃらに働くなんて、身体の構造からして無理があるんだから」

体力のない男性だっているし、激務でも健康そのものの女性もいるんじゃないかと思ったが、言い返す気力がなかった。

「そりゃ、俺が定職についてなかったり、非常勤だったりすれば話は別だよ。でも違うでしょ？　俺が今、都立西美で頑張ってるのだって、いずれ史絵と一緒になるためでもあるんだから。だから史絵も、自分のことばっかり考えるのはやめて、二人にとってのベストな未来を考えるべきじゃないかな。現実を見なきゃ。子ども欲しくないの？　今ちょっと調べただけでも、いろいろ出てきたよ。妊娠を望むなら、少しでも早く対処しなくちゃいけないって。いつまでも若くないんだよ」

「言われなくても分かってる！　でも私は、まだ分からない未来で後悔しないように生きるよりも、そのときそのときを後悔しないように生きたい。誰かの決めた価値観に縛られずに、自分の頭で考えて決めたい。それはヨシダさんから学んだことだし、だからこそ、今の担当は私にとって大事な仕事なんだよ」

雄介は呆れるように頭に手をやった。

「おいおい、芸術家なんかと自分を重ねるなって」

芸術家なんか？

さっきの発言と同じくらい聞き捨てならなかった。この人は、芸術家のことを心の内で見下しているのだろうか。世間一般によく言われる、社会不適合者とか変人奇人とかいう偏見を抱きながら、芸術家を見ているのではないか。もしそうならば、この人と関係を今後つづけていけるのか。

といっても、今までの彼の言ったことは悔しいほどに正しく聞こえ、真剣に考えてくれていることも伝わった。ただ、今は薬のせいで脳内に靄《もや》がかかって冷静に見定められない。それにこの煩わしさはなんだろう。一刻も早く彼にこの部屋から出て行ってほしかった。同じ言語を使っているとは思えない。

「今は体調も悪いだろうから、休んで具合がよくなったら、ゆっくり考えてよ」

「決断するのは、私だけ？」

雄介はスマホをテーブルに置いた。

「どういう意味」

「どうすれば白石美術館で仕事をつづけられるか、一緒に考えてくれないの？」

「なに言ってるんだよ。俺が退職して、こっちに引っ越すなんて、おまえだって本気で望んでるわけじゃないだろ」

「それなら、週末婚は？　今みたいな関係をつづけるのは？」

ややあってから、雄介は感情を廃した口調で、静かに答えた。

「史絵の意志を尊重したいとは思うけど、結婚するなら近くに住むべきだと思う。俺は一緒に暮らしたいし、ちゃんと家庭を持ちたいから。それに、出産や子育てを甘く見ない方がいいと思う。史絵が子どもをほしくないならいいけど、もし病気のこともあって不妊治療をはじめるなら、週末婚でやり遂げられる気がしない。子どもが産まれれば、それこそ週末婚は無理でしょ。だから東京に越してくることが、絶対にベストな選択だと思うよ」

2

翌日、史絵は真子と印刷物の入稿作業に追われた。

真子がうまくフォローを入れてくれていたおかげで、夕方までには一段落した。他にも溜まっていた業務や連絡事項をこなすと、ちょうど終業時間だった。史絵はお礼をかねてご馳走させてほしいと提案した。

「病み上がりなのに、大丈夫ですか？」

真子は気遣いつつも、おでんが食べたいと答えた。

二人は駅前の地下街にある、遅くまで営業している個人経営のおでん屋に入った。そこは学芸課の職員たちが、遅くまで仕事をしたときにアーティストや館外の関係者を連れていく店でもあった。おでんの他にも、一品料理やそばが美味しいと評判である。

のれんをくぐると、湯気のあがる厨房《ちゆうぼう》をはさんだカウンターで、何人かの会社員が酒を飲んでいた。カウンターに座って、卵や大根、コンニャクや牛筋などをお願いする。あつあつの大根を一口食べると、だしがよく染みていて心がじんわりと温まった。

「昨日の夜、田仲さんともご飯に行ったんです」

おでんの他に注文したそばをすすりながら、真子は言う。

「そうなんだ。どうして？」

「田仲さん担当の浮世絵展を、少し手伝ったんです。私は担当じゃなかったから、お礼におごってもらえることになって」

「真子ちゃんによくおごってるんだっけ。お金で埋め合わせするからって、仕事を押しつけてもいいわけじゃないのにね」

史絵が冷ややかに言うと、真子は笑いながら「まぁ、そうおっしゃらずに。本人にまったく悪気がないから、逆に異文化交流みたいで面白いですよ」と肩をすくめた。

「それで、他にどんな話したの」

「田仲さんもいろいろとストレスを抱えてるみたいですね。奨学金の返済がまだ終わってないうえに、お酒好きの副館長から迫られて、白石グループの重役たちともお付き合いしなきゃいけないのが面倒だって漏らしてました」

「奨学金の件は、私も憶えのある悩みだけど、そういうお付き合いもあったとは、全然知らなかったな」

「ですよね。けっこうこの業界じゃ珍しいっていうか。なんでも白石グループの悪《あ》しき慣習らしいです。貴重な男性スタッフだっていうだけで、好きでもないお酒の席に付き合わなきゃいけないのも、それはそれで酷だなって思いました」

真子は水を一口飲んだあと、こうつづける。

「結局、隣の芝は青く見えるってやつですよね。日本って、女の人が生きづらいってよく言われますけど、男の人もつらいじゃないですか。古い考え方が根強いところでは、ニッポン男児たるもの、大黒柱として女以上に働かなきゃいけない、男らしくいなきゃいけないっていうプレッシャーがすごいですよね」

「それはそうかも」

カウンターの奥であくせく働く大将を見ながら肯く。

「だから、史絵さんみたいなスーパーウーマンに対して、遠慮しちゃうんだと思います。助けられていることを自覚しつつも、堂々と認めるのは自尊心が傷つけられるから、どう接したらいいか戸惑うんでしょうね」

「面倒くさっ」

「貴山さんに見下されてるって言ってましたから」

「見下す？　そういうのとは違うのにさ。私はちゃんと仕事してほしいだけ」

「被害妄想入ってますよね。私からしっかり否定しておきました。むしろ、田仲さんの方から歩み寄る努力をしてくださいって、僭越《せんえつ》ながら叱っておきました。まぁ、響いたかどうかは分かりませんけど」

にっこりと笑う真子に、史絵は感嘆した。

「ごめんね、板挟みにさせちゃって」

「いいんです」

「真子ちゃんはさ、もし常勤職になれるとしたら、なりたい？」

思い切って訊ねると、「私が、ですか」と真子は目を丸くした。

「そりゃ、安定した職を得て、収入も増えてほしいとは思います。でも常勤の学芸員としてバリバリ働ける自信はないし、じつは家族の事情とかもあったりして、現状に不満はないですよ」

「すごいね、真子ちゃんって。一番たいへんな立場なのに」

一瞬、なぜか真子は表情をこわばらせた。

しばらくおでんの皿を見つめてから、小さく息を吐く。

「私はただ、みんなが楽しく働ければいいなって思うだけです。常勤も非常勤も、女も男もみんな、ひとつの組織を動かすっていう目的の下では、同じ立場じゃないですか。だったら同じ目的を達成するために、自分にできることを精一杯やっていきたいんです」

真子はこちらを見ないで、早口でつづける。

「それに私、田仲さんが周囲に迷惑をかけたりするのも、社会のひずみのせいじゃないかって思うんです。そりゃ田仲さんも自分の意志で学芸員になったわけだし、大人なんだからちゃんとしてよって思います。でも、どうしても情熱を持てない側からしたら、史絵さんみたいな同僚が奮闘する姿を見ていると、複雑な心境になるんじゃないですかね」

「それは……考えたことなかったな」

しばらく二人は黙々とおでんを食べた。

生理痛で休んだ日、真子に仕事を全面的にまかせなかったことを、本人は気にしているのかもしれない。史絵はただ、大事な仕事だからこそ自分でやるべきだと思っただけだ。あのときの判断は、間違っていたのだろうか。

「個展の準備はどう？　進んでる？」

わざと話題を変えるが、真子の返答は歯切れが悪かった。

「そうですね……頑張ります」

「見にいけるの、楽しみにしてるね」

「ありがとうございます」

真子は顔を伏せて手元を見つめながら、小さな声でつづける。

「私って、昔からクリエイティブなことが好きで、ちょっとした絵を描いたり、身の回りのものを手作りするのが、地元の友だちのなかでは一番得意だったんです。褒められることも多くって。でもそういうのと美術作品をつくるのって、まったく別物なんですよね」

史絵はなんと言えばいいのか分からず、真子の真剣な横顔を見つめる。

「とくにヨシダさんのアトリエに通うようになって、いろんなことを学んだんです。やっぱりつくりたいって思ったのも、刺激をもらったからだし。でもいざ絵筆を握ると、なかなか進まないんですよね。それって、向いてないってことなんだろうな」

真子は悲しそうに笑った。

そこまで深い話を二人でするのは珍しかった。

なのに、「そんなこと、ないと思うけど」と、とりあえずの否定しかできない。なぜなら今の話は、真子本人にしか答えがない問題だからだ。史絵が抱える悩みもまた、そうであるように。

真子は肩をすくめながらも、もう一本はんぺんを注文する。

それから二人は、他愛のない話しかしなかった。真子が最近見つけた鯵《あじ》フライの美味しい居酒屋のことや、面白かった映画や応援しているスポーツチームのこと。お会計を済ませて店を出ると、夜風が初夏の訪れを告げていた。真子とは駅前で別れ、史絵はカタログの文章を書くためにオフィスに戻った。

開幕まで二カ月を切ると、一日も無駄にできなくなった。将来の身のふり方について、考えなくてはいけないことは山ほどあるが、史絵はひとまず、ヨシダ展の準備に集中するように努めた。

ＴｏＤｏリストのなかでも、とくに骨の折れる作業は、カタログに掲載するエッセイの執筆だった。学芸員にとって論文やエッセイの執筆は、避けては通れない、もっとも大切な仕事のひとつである。

その締め切りが一週間後に迫った頃、カタログ制作を依頼したデザイナーと、共有スペースで打ち合わせをした。長年、美術系書籍の装丁や編集を手がけてきたベテランのデザイナーで、事務所は都内に構えているが、碧波市出身なので白石美術館のカタログを何冊もつくっている。

「今回バタついてるみたいですね。準備期間も短いし、大変ですな」

気さくな調子で言われ、史絵は肯く。

「そうなんです。なるべく原稿は早く送りますんで」

打ち合わせを終えて、デザイナーをエントランスまで見送りにいった。

給湯室まで一息つきにいくと、課長の声が聞こえてくる。電話しているらしい。立ち聞きをするつもりはなかったが、くだけた口調なので、なかに入るのを躊躇する。電話が終わったタイミングで、遠慮がちに入っていく。

課長は驚いたようにこちらを見ると、「ああ、ごめんね。どうぞ使って」と、前髪をかきあげた。

「こっちこそ、すみません」

スマホを握りしめて思い詰めている様子の課長に、「大丈夫ですか」と声をかける。

「あ、うん。ありすがね……」

「どうかしたんですか」

「たいしたことはないの。ただ今朝、具合が悪くなっちゃって。学校を休んで、家に一人でいるんだよね」

「え？　いいんですか、課長がそばにいてあげなくて」

「薬も飲んだし、強い子だから、問題ないとは思うけど」と課長は苦笑する。「さすがに今朝は参ったわ。行かないでって大泣きされちゃってさ。でも今日の取締役会議は、本社から重役も来るし抜けられないから」

「そっか……私が代わりを務められればいいんですが、どちらも無理ですね」

「ありがとう、そう言ってくれて。ありすもね、貴山さんと話せて楽しかったみたい。また会いたいって言ってたよ」

「つくづく良い子ですね、ありすちゃんって」

「私には勿体ないくらい。あの子には、本当に申し訳ないと思ってる。もっと寂しくない家庭に生まれてこられたらよかったのかな、とか」

課長の横顔は、どんなに仕事で追いつめられたときよりも深刻そうだった。

「でも私は、ありすちゃんが良い子なのは、課長がそう育てたからだと思いますよ。このあいだオフィスに来てくれたときも、美術館の仕事について根掘り葉掘り訊かれました。お母さんの仕事をもっとよく知りたいって。きっと課長のこと、カッコよくて大好きだって思ってるんじゃないですか」

やっと笑顔を浮かべると、課長はスマホをポケットにしまう。

「貴山さんこそ、体調はどう？」

「おかげさまで回復しました」

「今日はカタログの打ち合わせだったんだっけ。順調？」

そうですね、と答えてから「じつは」と切り出す。

「エッセイが難航してます」

「あらかた内容は決まってなかったっけ？　戦後日本の女性画家の系譜のなかに、ヨシダカヲルの初期作から新作までを位置づけするんでしょ」

「ええ、当初はそのつもりでした。当時の女性の大変さとか、画壇での不当な扱われ方とかに光を当てようと思っていたんです。でもこのあいだ、ヨシダさん本人から、フェミニズム的な思想はそこまで持っていないって否定されちゃって」

「あら？」

「こちらが勝手に枠にはめていただけで、本人はそこまで意識していないなんて、肩透かしを通り越して反省しました。私はずっとその文脈で語るべきだと思い込んでいたから、急になにを書いていいのか分からなくなってしまって」

あれほど「女性による表現」にこだわっていた自分こそが、色眼鏡で女性を見ていたなんて情けない。

黙って話に耳を傾けていた課長が、壁にもたれて言う。

「気持ちは分かるけどね」

「そうなんですか？」

「ほら、私も女性管理職じゃない？　もっと前の時代では、美術館で女性が管理職をするなんてあり得なかったわけで。だから舐《な》められないようにって、とくに最初のうちはすごく肩肘張ってたよ」

ひと呼吸置いて、課長はしみじみとつづける。

「でも蓋を開けてみれば、女でも男でも、どちらにしても苦労するんだよね」

「そうかもしれませんね」

「子どもを育てていても、シングルファーザーって私たち以上に大変だなって思う。絵本を読んでいても、登場するのはいつもお母さんで、父親は外に出ていって稼ぐべきだっていう偏見も根強いでしょ」

「言われてみれば」

「私もね、娘から指摘されてはじめて気がついたんだ。お嬢様というか、不自由ない家庭で育ったから、世間知らずだったんだよね。娘ができて、この町に来て、人として成長させてもらったと思う」

「子どもを育てるんじゃなくて、子どもに育てられたってことですか」

課長は照れくさそうに肯くと、声を低くする。

「だからこそ、ヨシダさんの作品を見たとき、ぜひ貴山さんに担当してほしいって思ったんだよね。貴山さんって、昔の私にちょっと似てるから。それが担当を任せた本当の理由。強くいなきゃ、優等生でいなきゃって、周囲の期待に応えようとする姿が、傍《はた》から見ていて少し心配だったから」

思いがけない告白に、顔を上げると、課長と目が合った。

「重荷はなるべく下ろして、ね。完璧じゃなくていいんだよ」

「ありがとうございます」

「ううん、こちらこそ。私もね、貴山さんが少しずつヨシダさんの実像を掘り起こしてくれて、その報告を追っていくうちに、今を生きる私たちにとって、とても大事なテーマを孕《はら》む展覧会になるんじゃないかって思ってる。大変だろうけど、頑張って」

課長から肩をぽんと叩かれ、はっと閃いた。

足早にデスクに戻って、パソコンの画面を立ちあげる。それまでの題名を消して、代わりに心に浮かんだある言葉を打ちこんだ。

〝あなたのままで〟――。

3

大型連休を目前に、本格的な暑さがやってきた。

清々《すがすが》しく晴れわたり、運転中も照り返しがまぶしい。

一年前のこの時期に、はじめてヨシダのアトリエを訪れた。史絵は今、書きあげたカタログのエッセイを封筒に入れて、山に向かっている。真子の週休日なので一人だったが、山道の運転も慣れたものである。

平屋の建物が近づくにつれて、なにかが以前と違うと感じた。

まず気がついたのは、道の変化だった。

周囲の木々は、新緑が芽吹いて気持ちよかったのに、小径《こみち》は雑草が伸びて、荒れ放題になっている。最後に来たのは嵐のせいで帰れなくなった日だが、あれから一カ月以上経過しているので、悪天候が原因ではないだろう。

車を停めて庭先を通ると、いつもは季節の花が咲いている鉢植えが萎《しお》れている。きれいに並べられていた石のコレクションも、踏み荒らされたように布の外に転がっていた。心配になって戸を強くノックした。

しばらくあってから、戸が開いてヨシダが現れた。

「どうかなさったんですか」

髪はもつれて目の下にクマができ、しわも一層深まった気がする。疲れが滲《にじ》んでいるのは表情だけではない。絵具で汚れていても柔軟剤の香りがした見慣れたシャツも、かすかに体臭が漂ってくる。

「どうもしませんよ」

「でも」と口ごもりながら、家のなかを見回して、史絵は息を吐いた。いつも片付いていた居間は荒れ果て、台所はレトルト食品のゴミや、使いさしの食器で溢れ返っている。観葉植物や水槽の魚も、どこか元気がなさそうだ。

「エイトくんはいないんですか」

「いろいろあって、しばらく来てなくてね。私も調子が悪くなってしまって。でも心配しないでください。数日前に梶先生も来てくれたけど、大丈夫だって断ったから。今は一人で描くことに集中したくてね」

アトリエを覗くと、新作が壁に立て掛けられていた。

二メートルを超える巨大なカンヴァスが、四枚も並んでいる。見ている側を包みこんでくるような迫力だ。前回の訪問までは進行具合が遅くて、ひょっとして間に合わなくなるのではないかと冷や冷やしていた。しかし少し見なかったあいだに余白はなくなり、線で埋め尽くされていた。

「ずいぶん進みましたね！」

ヨシダはこちらの感想には反応せず、珍しく用件を催促する。

「それで、今日はなにか？」

史絵は戸惑いながらも、封筒を手渡した。

「読んでいただきたいものがあるんです」

テーブルをはさんで椅子にかけるように促された。

ヨシダは封筒からＡ４の書類を出すと、眼鏡をかける。それはカタログに掲載されるエッセイであり、ヨシダにも目を通してもらったうえで、間違いや書いてほしくない点があれば指摘してほしいと説明する。

〈あなたのままで　ヨシダカヲルの人生とアート〉

エッセイの題名を見つめたあと、静かに肯いた。

「分かりました。今から目を通しても？」

「今からですか？　時間をかけてもらっても構いませんが」

「どんな風に今の若い方に私の作品がうつったのか、あなたのエッセイを楽しみにしていました」

「助かります。スケジュールが押しているので。よければ、そのあいだに私にも身の回りのことを手伝わせてください。必要なものがあったら買ってきますんで」

躊躇しながらも、ヨシダは「じゃあ、お願いしようかな」と肯いた。

それから史絵は、衣類のたまった洗濯機を回し、シンクに積まれた食器を洗って、部屋全体に掃除機をかけた。それが終わると、庭先で洗濯物を干し、ゴミを袋に詰めて回収所に出しにいく。気がつくと、時計の針は十一時を回っていた。

庭先に出て、鉢にはじょうろを使って、花壇にはホースで水をやる。しばらく快晴がつづいていたせいで、からからに乾いた土は、音を立てながら水を吸った。途中、よく軽トラでやってくる男性が現れて「ここのおばあちゃん、どうかしちゃったの」と訊かれた。

「いえ、お元気ですよ」

「そりゃよかった。しばらく姿を見かけなかったからさ」

史絵が頭を下げると、男性は「よろしく伝えておいて」と片手を上げて笑った。

部屋に戻ってもヨシダはまだエッセイに目を通していたので、彼女に断りを入れて、麓のスーパーへ買い出しにいった。電波も通じるところに出ると、課長に電話をかける。オフィスに戻る予定時刻を、大幅に過ぎそうだからだ。報告を終えて通話を切ったあと、エイトのことを考えた。

嵐の夜、エイトは帰れなくなったことを、家族に連絡できなかったはずだ。あれから史絵のスマホにも連絡はない。

〈今日久しぶりにヨシダさんのアトリエに来ました。エイトくんもしばらく手伝いを休んでいるって聞きました。お節介かもしれませんが、私にできることがあったらいつでも相談してください〉

メールを送信すると、食材や日用品をカートに入れてレジに向かった。会計にはあらかじめヨシダから預かった財布を使った。メモやレシートが几帳面に挟んである。おそらくエイトが手書きしたメモや料理記事の切り抜きも入っていた。

レジ袋を下げてアトリエに戻ったあと、料理の支度をする。自炊は滅多にしないので、簡単な雑炊にする。義祖父の介護に明け暮れている母も、少しずつ誰かの親切に頼りながら、こんな感じで家事をこなしているのだろうか。

気配がしてふり返ると、ヨシダが立っていた。

「お口に合うか、分かりませんが」

「ありがとう」

「顔色が悪いですけど、病院には行かなくてもいいですか」

「やめてください。悪あがきはしたくない性分です。この歳になれば悪いところなんて病院に行けば必ず見つかるでしょう。ピンピンコロリと逝くためには、あるがままに身を委ねるのが一番」

ヨシダは独特のユーモアで、いつもの抑えた声で笑った。

それから史絵は、作り置きした料理について説明したあと、食卓についた。片付け終わったアトリエは居心地のいい空間に戻っていたが、エイトがいないせいか、いつも以上に静かに感じた。

「目は通していただけましたか」

食事のあと、史絵は訊ねた。

「しっかり読ませてもらいました。つくづく学芸員や批評家っていう仕事は、ストーカーみたいな面がありますね。私自身も忘れていたことまで、細かくきっちりと調べられていましたよ。しかもほとんど正しいときた」

「不快な思いをさせました？」

「いいえ、よく書けていたという意味での、褒め言葉ですよ。おかげで昔のことを思い出してしまったくらい。ただ、ひとつ言うとすれば、私は、貴山さんがここに書いているような立派な人間ではありません。山にこもっているのも、美術業界や対外的な評価に疲れたからじゃないんですよ」

「それは失礼しました……書き直した方がいいでしょうか」

「まさか。あなたの書くものは、あなたの思うように仕上げてください。とやかく言うつもりはありません」

たしかにどのページにも指摘は入っていなかった。

「ただ、ひとつだけ話しておきたくなりました」

ヨシダは声を低くして言うと、腰を上げた。制作部屋から一枚の絵を持ち帰る。それは以前いつ誰を描いたのかを訊ねても、教えてもらえなかったミモザの花束を抱えた一人の女性の肖像画だった。

「その絵は――」

「私が美術業界から足を洗った、真実にして唯一の理由です」

澄んだ目で肖像画を見つめながら、ヨシダは覚悟を決めたようにきっぱりと断言した。

「詳しく教えていただけるんですね」

「私が絵筆を折りかけたのは、男性優位の社会的システムに絶望したからじゃなかった。あなたが疑問に思った通りです。もっと根本的な、愛の問題だった。そのことを貴山さんには知っておいてほしくてね」

4

この肖像画を描いたのは、私が三十二歳のとき。

あら、今のあなたと同じ年齢とは、ふしぎな偶然だね。当時の私は二十八歳で東京に出てきて、あまり先のことは考えずに、その日暮らしをつづけていた。

住んでいたのは、汚くて古いアパートでね。ヒッピーみたいな若者が転がりこんで。美術家だけでなく、音楽や演劇、文学をやっている子もいたかな。みんな、七〇年代の、どこか自由な空気を謳歌《おうか》していた。絵描きの私は、近所迷惑を気にしなくていい制作場所が必要だったから、汚さと無秩序さが最高に快適だったね。

それに、誰でもない匿名でいられるっていう東京の解放感が、なにより楽だった。田舎の狭いコミュニティでは、つねに監視されていると感じたけど、大都会では私なんて存在しないも同然だったからね。

あの頃は、今よりもっと切実に、女性の権利が叫ばれた時代でもあったんだ。ウーマンリブというものだよ。あなたの世代だと聞き慣れないかもしれない。いろんな立場の女たちが集まって、なにかと意見を交換するのが流行っていたんだ。フェミニズムの第二波とも言われているかな。

——カヲルさんも集まりに参加しない？

ある日、アパートで同じく絵描きを目指していた女の子から、チラシを受けとった。一度くらい足を運んでみてもいいかもしれない。単純な好奇心から肯いた。

八月のじめじめした熱帯夜だった。

新宿の外れにある廃墟みたいな雑居ビルで、半地下になった広い空間ぎゅうぎゅうに、ヘルメットやプラカードに主張を書いた女たちが集まっていた。彼女たちは次々に壇上に出て、マイクを持って熱弁した。

私は拍手も肯きもせず、ただ静かに観察するだけだった。

画壇での評価とは裏腹に、私はもともとリブの活動に懐疑的でもあってね。生活は苦しくてもそれなりに平和にやっていたし、生きるためには自分を偽らなきゃいけないっていう心境だったたから。

私は小さい頃から、自分の身体が周囲の女の子たちとは違うことに、薄々気がついていたんだ。生理は二十歳になっても来なかったし、見た目も少年みたいだった。運動はあまり得意じゃなかったけど、体力は人一倍あった。

だから早くから、私は私だ、描きたい絵を描ければいい、と割り切っていてね。その頃、東京ではあちこちでビルが建って、道も整備されていた。日雇いの求人は、毎日たくさんあったんだ。工事現場とか、いろんなアルバイトをかけもちすれば、食べるものにも困らなかった。

肉体労働をしながら、絵を描きつづけられればいい。

好きなように制作をして、運がよければ売れればいい。

そのくらいの、思想も野心もない日和見主義だった。だから集会の参加者たちが、女は皿を洗うべきじゃない、ブラジャーなんてしなくてもいい、と声を張りあげる様子に、戸惑うばかりだった。

だんだん私の気持ちは遠ざかっていってね。

でもせっかく参加したのだから、と最後まで座っていたら、となりにいた年下の子が立ちあがった拍子に、よろめいて転びそうになった。

——大丈夫?

——すみません、立ち眩《くら》みがして。

まず目を引いたのは、左目の眼帯だった。

よく見ると、すごく美しい子だった。真っ白な歯はきれいに並んでいる。肩まで伸びた黒髪は絹のようにつややかだった。田舎者で野暮ったい私とは、なにもかも違う。こんなに上品そうな子も、こういう過激な集会に来るんだって意外なくらい。

彼女こそが、肖像画のモデルになった子だよ。

名前は、仮にAとしておこうか。

――よかったら、一緒に出ない？　私も出るところだったから。

会場は混雑していたうえに、空気が薄かったから無理もない。

Aはその日、友人に誘われたものの、肝心の友人が来られなくなったらしい。

――その日はどうしたの？

――ああ、物貰《ものもら》い。よくなるんです。貧血体質でもあって。

――華奢だもんね。私みたいなブタとは大違い。

冗談のつもりだったのに、Aは笑いもせず、しばらく真顔で私を見つめた。

――私はあなたのことをブタみたいだなんて、一ミリも思わないですよ。ただ、ブタだって可愛くて賢いし、きれい好きで繊細な動物ですけどね。

私の悪趣味な軽口を、そんな風に言い返してきたのは、後にも先にもAだけだった。

駅までの道を歩きながら、私はAに訊ねた。

――集会についてどう思った？

――最初はどんな話を聞けるんだろうって、わくわくして来たんですけど、いざ参加してみると、女性を解き放てって言っている時点で、枠組みに嵌《は》めて女性を見ているから、ジレンマがあるんだなって気がつきました。

――しっかりしてるね。

意外にも、という言葉は呑みこんだ。

——あなたはどう思いましたか？

——くだらなかった。

Aは声を出して笑った。

——やっぱり。途中で欠伸《あくび》してたの見たから。

——おっと、見られてた？

私たちは笑い合い、自己紹介をした。Aは名門女子大を卒業したばかりだった。私は絵描きの卵として、田舎から出てきたのだと話した。するとAは目を輝かせて、どんな絵を描くのかと聞いた。

Aは以前から、美術に関心を寄せていたらしい。

実家には、絵画や彫刻のコレクションがあるんだって話してくれた。海外の美術館にもよく行くんだって。そんな実家、フィクションにしか存在しないと思ってた。でもAが言うとなんの違和感もなく、そういうものかと納得できた。

不思議なもので、Aと別れたあと、汚かった夜の雑踏が美しく輝いて見えたのを、今でもよく憶えている。


それ以来、私はAと会うようになった。

美術展に行ったり、喫茶店でおしゃべりをしたり、公園を散歩したりした。

境遇も性格も違うのに、なぜか話題は尽きなかった。抱える悩みは全然違っていても、私たちは似たようなことを考えていたからね。Aは私のアトリエにも遊びにきてくれて、展示の準備も手伝ってくれるようになった。

彼女は私の絵をよく理解してくれた。いや、理解とは違うかな。自分でも言葉で説明できない、深いところまで共感してくれていたと言った方がいいね。たとえば、画壇で批判を浴びていた《眠る女》のシリーズも、描きつづけるべきだと言ってくれた。

そうそう、桑園さんのコレクションにもあったでしょう。

彼も以前、あの絵に惹かれたと話してくれたね。

倫理的に問題があるとか、暗くて不快なだけだとか、否定する人も大勢いたけれど、私は《眠る女》を描くことにとり憑《つ》かれていた。

別に誰かのためとか、社会を変えるためだとかじゃない。闇をどうすれば描けるのかを研究したかったんだ。それに、まぶたに焼きついた残酷な光景を、なんとか消化するためにね。今じゃあんな暗い絵は描きたくないよ。

公募展では、画題が不穏すぎるという理由で出展を拒否されたけれど、やけっぱちで展示した自主開催の個展に、とある高名な批評家が来てくれてね。その批評家は、イタリアでの国際展の日本代表作家に私を大抜擢《だいばってき》した。

Aはそのことを知ってか知らずか、あなたは生涯をかけて絵を描きつづける人だ、と予言めいたことを私に言った。もし長い人生のなかで、Aがとなりにいてくれながら描きつづけられれば、どんなに素敵だろうと私は思った。

はじめて私を心から応援してくれた人だったから――。


けれども、ある夜、アトリエでAから打ち明けられた。

――しばらく会えなくなります。

――どうして?

――お見合いをするんです。あなたといると、現実と向きあえなくなるから。

親が決めた相手と結婚して、子どもを産むことが自分の定めなんだ、とAは語った。

――なに言ってるの、あなたの人生は、あなたが決めるものでしょう。

私は大反対した。今の関係のまま、Aのそばにいたかったから。Aも同じ気持ちだと思っていた。むしろ、それ以上に望むものなんて、なにもなかった。戸惑いはあったけれど、Aは私にとって特別な存在だった。

はっきりと伝えなくても、Aも気がついていたと思う。

でもAは、気がついていないふりを貫いた。

――私が画家として成功すれば、あなたも結婚せずに済むでしょう。

Aの返事も聞かずに、私はAのために成功すると決意した。

後押しするように、イタリアの国際展をきっかけにして、大勢の関係者が私の作品を評価するようになった。私のことをまったく知らない人もね。

女性解放を叫ぶ時代の波にも押され、私はあれよあれよと世間の注目を集めた。新しい世のあり方を体現する、戦う女流画家だってね。

極端な思想を持っている、と勘違いする人もいたくらいだ。もちろん、そんなつもりは毛頭なかった。ただ一人の女性とともに生きていきたいがためだったから。でも私は、冷めた目で見ていたリブの活動を、戦略的に使ったんだ。

逆にイメージを利用したんだよ。

生きるためには、自分を偽らなければならない。だからこそ、世間が望む役を演じることには、罪悪感の欠片《かけら》もなかった。インタビューでも、本音がどうであれ、リブで語られるようなことを平気で真似した。

すべてはAを引き留めるためだった。

画家として認められれば、Aの考えを変えられると信じていたんだ。いや、そう信じることで自分を必死に保とうとしていたともいえる。女でも自分を世間に認めさせられるんだと、Aのために証明したかった。

けれども、私が個展を開催したり、求められる回答をメディアに話したりするたびに、Aの心は離れていった。Aは私の本質を見抜いていたからこそ、当時の評価のされ方が、私の本領じゃないと分かっていたのかもしれない。

制作の忙しさもあって、Aと会える時間も減っていった。

私が海外で作品を発表しているあいだに、Aは両親が決めた相手と結婚した。

そのことを知ったのは帰国後、挙式を報じた新聞記事を通じてだった。Ａの相手も同様に名家の御曹司だったからね。

どうして教えてくれなかったのかと、私はＡを責めた。Ａはとても相手を本気で愛しているようには見えなかったし、ただ義務として入籍しただけだったからね。少なくとも私にはそう思えた。

――そんな結婚で、幸せになれるわけがない。

私が憤ると、Ａは迷いなく答えた。

――本当のことを言えば、女のヒステリーと受け止められるだけじゃない。私にはその方が不幸に思えます。

彼女は頭のいい人だった。私よりもよっぽどね。

狼狽えている私に、こうつづけた。

――私は、たしかに彼を愛していないかもしれない。でも子どもがほしいんです。あなたと一緒にいても、子どもはできないでしょう。

思いがけないことを言われて、私は打ちのめされた。

――子どもがほしい？

そんなこと、私は一度も考えたことがなかったけれど、Ａの目に少しも迷いはなく、彼女は子どもを産みたいと強く望んでいた。そこまで生殖者としての性にこだわるＡの価値観は、私の前で高い壁として立ちはだかった。

当時は養子縁組の制度も、不妊治療の技術もまるで整っていなかったから、Aを説得するのは至難の業だった。自分らしくいれば幸せになれる、なんていう気休めの言葉で片付けられる問題じゃない。

Aの一言で目が覚めたように、私も「産む性」なのだと意識した。

奇妙にも、今まで生理が来なかったことが、急に怖くなりはじめた。とつぜん自分は周囲とは決定的に違うんじゃないか、埋められない欠陥があるんじゃないかって。生まれてはじめての恐怖だったよ。ふり返れば、情けない限りだね。芸術家を名乗りながら、固定観念に囚《とら》われてしまったわけだ。

私は一人で病院に検査を受けにいった。

それまで、おかしいなと自覚しながらも、専門医に診てもらったことはなかった。でもAと別れて、むしろ悪い結果を期待している自分がいたんだ。いっそ死につながる病が見つかればいい、とさえ思っていた。自ら望んで、パンドラの箱を開けにいったんだよ。

結果、子宮と卵巣の一部が欠損している、先天性の病気だと分かった。日常生活に支障はないけれど、妊娠は不可能だった。

Aは結婚したあと、すぐ身ごもったと間接的に知った。でも私は祝福できなかった。こちらからAとの連絡を絶って以来、あんなに救いだった絵を描くことさえも、嫌で仕方なくなっていった。なにを描いても、重く息苦しい仕上がりにしかならなかった。

作品を発表する回数が減るとともに、美術業界でも徐々に忘れられていった。とつぜん高まった評価なんて一過性にすぎないと思い知ったよ。ちやほやしていた取り巻きも連絡してこなくなった。

美術雑誌で取り上げられなくなった代わりに、週刊誌で好きなように書きたてられた。私をイタリアの国際展に推薦した批評家ともくだらないトラブルに巻き込まれて、根も葉もない噂も多く立てられた。

でもA以外からなんと言われようと、私には雑音でしかなかった。

ただ日々、Aと病気のことばかりを考えていた。

そのあとは、まぁ、面白くもない不幸談だね。

なにもかもが嫌になって、自暴自棄な生活を送るようになった。

東京では生活も立ちゆかなくなって、自分から故郷の精神科に入った。

また絵筆を握れるようになるまで、十年かかった。長いようであっという間だった。結局のところ、私を救ってくれたのは、またしても絵画だった。《晩鐘》に励まされて、久しぶりに作品を完成させたとき、涙が止まらなかったよ。気がつくと六十歳になっていた。

私はもう、私のためだけに描く。

そう心に決めて、ここの土地を買ってアトリエを建てた。案外、知恵をしぼって自給自足すれば、人ってほとんどお金を使わなくて済むんだね。そういう意味では、芸術家は生き抜く力に長けているのかもしれない。

この絵はいつ描いたのかって？

Ａが結婚する前、最後に描いてほしいとお願いされたのが、この絵だよ。

偶然か、それとも意図的か、彼女はその日、アトリエにミモザの花束を持ってきてくれていてね。この花と一緒に、今の自分のことを描いてほしい。この先ずっと忘れないでいてほしいから、と彼女に頼まれたんだ。

私は彼女の姿を心に刻むように、カンヴァスに彼女の姿をうつしとった。

――あなたに出会って、はじめて夢ができたの。

モデルを務めながら、Ａは教えてくれた。

――どんな夢？

――美術館をつくって、あなたの個展をひらく。そしてあなたの作品を買いとって、パトロンになる。

ずいぶんと夢みたいな夢でしょう？　私はつい笑ってしまったけど、Ａは大真面目な顔でそんな夢を語った。完成した絵を、私は皮肉な結婚祝いとして贈ろうとしたけれど、受け取ってはもらえなかった。代わりに、彼女は私のことを忘れないでいてほしい、と約束させてこの絵を置いていった。

このアトリエを建てたとき、それまでの経緯が壮絶で、Ａのことをあまり考えなくなっていた。美術館をつくって私の個展をするという夢も、Ａは忘れてしまったんだろうと思っていた。それでも、ずっと手元に置いていたってことは、私にとって忘れられない大切な過去だってことなんだろうね。

つらい結末になったとしても、Ａと出会えたことは、私にとって宝物だよ――。


ヨシダはそこまで話すと、深呼吸をした。

史絵も息を吐いて、その肖像画を見つめる。

こちらを正面から見据えるわけではなく、視線は脇に逸らされている。それでも、意志の強そうな印象を受ける。口をきゅっと結び、少し上向きになった鼻筋。そのまなざしは大切な誰かを想っているのか、優しげな色をしている。

今の話を聞いてやっと、史絵はモデルとなった女性の正体を理解していた。こんなに美しい人は、たしかにそういないだろう。一度、誰かに似ているような気がしたが、その直感は正しかった。ヨシダはあの人の特徴をよく捉えている。

「白石理事は、夢を叶えたんですね」

ヨシダは肯いた。

「この話をするのは、貴山さんが最後だよ」

史絵は小さく頭を下げながら、疑問が浮かんだ。

「私が展覧会の依頼をしにきたとき、本当はどんなお気持ちだったんですか」

さぞかし戸惑ったに違いない。こちらは知らなかったとはいえ、思い出したくない記憶を掘り返して、傷つけた恐れもある。親切に接してくれたヨシダの本心を考えると、申し訳ない気分になった。

「嬉しかったよ」

意外な返答に、史絵は顔を上げた。

「自分でも驚くくらい、嬉しかった。思い返せば、退院したあと、遠くのどこかに出ていくこともできたのに、白石美術館が設立されると知って、そうしなかったわけだ。つまり心のどこかで、あの人が夢を叶えてくれるんじゃないかって期待したからこそ、故郷の町に留まって、絵を描きつづけていたんだと思う。だからあなたが来てくれたとき、戸惑いよりも、ついに来てくれたっていう嬉しさが勝ったよ」

「安心しました。そう言っていただけて」

でも、と窓の外を見ながらヨシダは呟いた。

「待っていた、というわけじゃない。ただ、あの人のいる町で暮らしているという事実や、私の活動を見てくれているかもしれないという、ささやかな希望さえあれば、生きていける気がしたんだよ」

史絵は一人の相手をひそかに想いつづけた人生と、その想いの深さを想像して「では、理事とは、音信不通だったんですね」と訊ねた。

「もちろん。向こうは結婚していたし、私の方も怖くてできなかったからね。また心奪われたら、今度こそ、二度と心のバランスを取り戻せなくなる。彼女の気持ちはともかく、私は立ち直るのに、本当に時間と気力が要ったから。だからこそ、美術館からの依頼にも即答できなかった。あの人とまた会うことが怖かったし、今の自分や作品が受け入れられるという自信もなくてね」

ヨシダが白石美術館にはじめて足を運んだのは、最初に依頼をしてからしばらく経ってからだった。その間、さまざまに葛藤していたのだ。

しんみりとした空気を払拭するように、ヨシダは声色を少し明るくした。

「まぁ、おかげで気がついたこともたくさんあったよ。一人でいても二人でいても大勢でいても、寂しいものは寂しい。彼女と別れたからといって、私は私だってこともそう」

何事も人のせいにはしない、ヨシダらしい言葉だと思った。

「開幕式には、理事もいらっしゃいます」

「でしょうね」

いつだったか、ヨシダの作品には優しさがあって、その優しさは生半可な経験では描けないと梶先生から教わったことを思い出す。

貧しいこと、画家として評価されないこと、差別されること。史絵が想定していたどんな苦難よりも、ヨシダの心を引き裂いて表舞台から足を遠ざからせたのは、たった一人の女性に向けた愛を失ったことだった。

だからこそ、今ヨシダの描く絵には、たとえ愛を連想させるモチーフが描かれていなくても、どこか深い愛情が込められているように見えるのだろう。

史絵は強く、彼女の作品を世に知らせたいと感じた。

今こそ、彼女の作品に救われる人はいるんじゃないか。

少なくとも自分は救われた。病気が分かって、いろんな制約が生まれて、いったい誰のための身体なのだろうと考えることが増えた。ヨシダと話すと、自分は自分なのだ、自分のために生きればいいのだ、と勇気づけられる。結婚とか出産とか、そんな外枠でがんじがらめになり、本来の心が見えなくなっていた自分に、今のままでいいのだと、ヨシダの絵は教えてくれる。ただ純粋に、誰かを好きだから、誰かが大切だから、一緒にいたいと思ってもいいのだ、と。

そのとき、戸をたたく音がした。

ヨシダと顔を見合わせたあと、宅配便かいつもの近所の人かなと思った史絵は、書類とペンをテーブルに置いて、足の悪い彼女の代わりに戸口に向かう。ドアを開けると、一人の女性が立っていた。誰かに面影が似ているな、と思った瞬間にこう言われた。

「ヨシダさんはご在宅ですか」

どこか不安げな声だった。緊張しているのだと史絵は気がつく。

「ええ」

「細尾《ほそお》英斗《えいと》の母で、細尾洋子《ようこ》と申します」

以前、エイトが展示室を見学しにきたとき、書類で記したフルネームを思い出す。

ヨシダに告げると、「どうぞ」となかに招き入れた。

細尾洋子は、想像していた以上に若かった。史絵よりも年上に違いないが、小柄なうえに化粧が薄いせいか、同学年と言われても信じそうだ。神経質そうに室内を見回すと、洋子は挑むようにこちらを見た。

「貴山史絵さん……ですよね」

こちらの顔と名前を知っているのは、ネットで調べたからだろうか。不穏な空気から、出しかけた名刺をとどめる。ヨシダとはつい最近も会ったらしく「たびたびお邪魔して、すみません」と小さく頭を下げた。

「いえ、こちらこそ」

細尾洋子は史絵の方に向き直ると、強い口調で言う。

「いきなりこんなことを言うのは失礼と分かっていますが、息子にしつこく連絡するのは止めていただけますか?」

「はい? しつこくなんて」と史絵は戸惑う。「エイトくんには今回の展覧会でも手伝ってもらっているので、用事を伝えていただけなのですが」

「展覧会のことは聞いています。ヨシダさんにはお世話になっているし、恩返しで協力をと思っていました。でも今日のメールは〝用事〟と違いますよね。ご存じないかもしれませんが、息子は美術館の人たちと接するようになってから、徐々に様子がおかしくなっていたんです。反抗的な態度をとったり、将来の不安を口にしたり。いろいろ苦労したあと、せっかく落ち着いていたのに。あの子は他の子とは違うんです——」

「とりあえず、おかけになっては?」

ヨシダが奥からゆったりと言うと、細尾洋子は息を吐いた。

「失礼します」

食卓の椅子に腰を下ろしてもなお、膝のうえで大切そうに抱きかかえている重そうなショルダーバッグには、大量のお守りがぶら下がっていた。よく観察すると、どこか顔色も悪く、唇が乾燥して切れている。

「今までヨシダさんには本当によくしていただいて感謝しています。でも先日お話しした通り、息子は混乱しているんです。だから当面こちらに伺わないと、約束したはずです。それなのに今日また連絡があって。息子を振り回さないでください」

「貴山さん、本当に連絡した?」

ヨシダに訊ねられ、史絵は咄嗟《とっさ》に言い訳する。

「すみません、たしかに今朝メッセージを送りました。エイトくんがしばらくここに来ていないって聞いて、詳しい事情を知らなかったので、体調でも崩したんじゃないかと心配になって」

ヨシダより先に、細尾洋子が口をひらく。

「ご心配くださり、ありがとうございました。でも息子はもうここには来ないと決めたんです。ヨシダさんにも了承してもらっています」

「待ってください、それって本当にエイトくんが望んでいることなんですか? エイトくん本人のことを考えれば、ヨシダさんとの関係を反対するべきじゃないと思います。傍から見ていて、エイトくんはこのアトリエで生き生きと楽しそうでした――」

「知ったような口をきかないで！」

細尾洋子はとつぜん声を荒らげ、立ちあがった。

「美術館の学芸員がどういうお仕事なのかは知らないけれど、私たちのことを分かったように言わないでください。あなたのように恵まれた方に分かるはずありません。あなたにとってはたいしたことなくても、息子には一大事なんです」

最後の方は涙声になっていた。史絵は狼狽え、うまく返答できない。

具体的な説明はなく、もう連絡しないでほしい、ここに来るべきではないから、とくり返した。まるで史絵のせいで息子が窮地に追いやられ、命の危機にさらされているかのような被害妄想に囚われている。

傍らで耳を傾けていたヨシダが、彼女にほほ笑みかけた。

「これまでエイトくんには力を貸してもらって、本当に感謝しています。彼が決めたことなら、私は応援しますよ」

「ご理解いただけて助かります。息子の幸せを願っていないわけじゃないんです。ただ、あんまり期待を持たせない方がいいと、親として息子を案じているんです。息子には才能もなければ一人でやっていける強さも備わっていません。勘違いして傷つくのは息子です。一番可哀相なのは息子なんです」

吐きだすように呟くと、挨拶もなく出ていった。

二人きりになってから、ヨシダは経緯を説明してくれた。

嵐が去った数日後にも、細尾洋子はとつぜんアトリエにやってきて、もうエイトはここに来られないと一方的に告げたという。

さきほど洋子は、エイトが美術館の人と接触するようになって、様子がおかしくなったと言っていた。しかし本当は、あの嵐の夜に連絡がつかず、洋子の方が気を動転させたのではないか、とヨシダは踏んでいた。

どうやらエイトは帰宅後、連絡もせずなにをしていたのか訊ねられ、偽りなくヨシダのアトリエで学芸員と三人で夜を明かしたと話したようだ。その際、反抗的な態度もとったのかもしれない。

細尾洋子からすれば、せっかく従順になりつつあった息子が、急に口答えしてショックを受けたのだろう。

「でも常識的に考えれば、洋子さんが子離れできていないことの方が問題じゃないでしょうか？　エイトくんはもうすぐ成人だし、いつまでも親が口出ししたら、独り立ちなんてできません」

「でもね、貴山さん。どちらかが悪くて責められるべきだというわけじゃないよ。むしろ私には、洋子さんの気持ちもよく理解できます。他の子たちのように学校に行ってほしいとか働いてほしいとかじゃなく、ただ子どものままでいてほしいんでしょう。だったら、洋子さんと話しあうべきは私たちじゃなくて、エイト自身。私たちは見守るしかない」

反論の余地はなかったが、史絵はどうも腑に落ちない。

「本当によかったんでしょうか、これで」

呟くと、ヨシダはこちらをふり返った。

少しずつ傾いてきた日に照らされたヨシダは、いつもと変わらず穏やかだった。

「最初にうちに来たときと比べて、エイトはずいぶんと成長しました。貴山さんや深瀬さんともコミュニケーションをとれるようになって。エイト自身も気がつかないうちに、もう十分に自分で解決する力が備わっている。だからこそ、あの子が自力で道を決めるのを信じて、そっとしておきましょう」

史絵はふと怖くなった。自分がこの展覧会を担当しなければ、エイトもヨシダも平和な日々をつづけられていた。過去を掘り返すことや、人生の軌跡としての作品を世に晒《さら》すことが、必ずしもその人にとって幸せとは限らない。

ヨシダは無言で立ちあがり、カンヴァスの前に腰を下ろした。

これ以上は話したくない、とその背中が物語っていた。

5

開幕二週間前、それまで展示されていた、田仲が担当している浮世絵展の搬出がはじまった。いよいよヨシダ展は、開幕に向けて大きく動きだす。施工会社が壁を立てているあいだに、学芸員はクーリエとして全国の美術館を回って、借用作品の集荷に立ち合う。

メイン担当である史絵だけでは、あちこち出張するのに身体が足りないので、たいてい担当者以外の学芸員も駆り出される。ヨシダ展では、田仲にもクーリエをお願いする予定だった。

しかし展示室引き渡しの日の夕方、田仲がクーリエの日に別の出張のスケジュールを立てていたことが判明した。

「そんなこと、聞いてなかったけど?」

オフィスで怪訝《けげん》な顔をされて、史絵は血の気が引いた。

「そんなわけありません。メールだって全部ｃｃに入れてましたし」

「毎日大量のメールが送られてくるんだから、そんなのいちいち見ないって。口頭で伝えてくれないとさ」

たしかに史絵の方も、田仲と直接顔を合わせたくなくて、あえてメールで済ませてしまっていた。しかし書類などは田仲のデスクに置いていたし、知らないはずがない。単に間違えたか忘れたかで、二重に予定を入れたのだろう。

とぼけた顔に苛立ちながら、課長に報告しにいく。田仲の立ち合いのもと事情を説明すると、課長は「困ったわね」と眉根を寄せた。

「補佐員以外で対応するとなると、他に関わっているのは私だけ、か。でもその日は、私が担当している展覧会の打ち合わせがあるのよね」

史絵のスケジュールを無理やりに調整しようにも、他の集荷の立ち合いが立てこんでいるので、どうやっても不可能だった。

「田仲くんの出張は、どうしても変更できない？」

「できますけど……でも変更するにしても、協賛者とか共同開催館とか、先方にずいぶんと調整してもらって決めたスケジュールなんで、今更こちらから欠席しますとは言いにくいですね」

なんと悠長なことか。あなたが忘れていたせいなのに――。

憤りながら田仲を見ると、かすかに笑みを浮かべていた。

まさか田仲は、わざとこうなることを見越して、史絵からの頼みを無視した？　その瞬間まで、田仲がうっかり二重に予定を入れたのだと呆れていた。スケジュール管理のずさんさが原因のミスだ、と。

しかし、こちらの足を引っ張るためだったのか。

困る姿を見て、ざまあみろ、と笑うため。

なぜ課長は強く注意しないのだろう。こういうとき、課長の口調は曖昧になる。副館長に忖度《そんたく》しているのが透けて見えて、史絵は胃がきりきりした。

結局、課長の計らいで、補佐員ではあるけれど、事情を分かっている真子が、特別に一人で出張することになった。いきなり任命されたものの、真子は困惑もせず、むしろ「頑張ります！」と明るく返事した。

結果オーライではあるが、どうも納得がいかない。

史絵は苛々しながらも、真子のためにやりとりの経緯やスケジュールを再度まとめた。

「この書類、足りなくないですか？」

そう真子に指摘されたのは、夜九時近くだった。

確かめると、たしかに他館との契約書が一部なくなっている。現地で必要になるので、まとめて田中に渡していた書類だ。さっき田中から受けとったとき、この書類の存在を彼も知っている以上、聞いていなかったという言い訳は通用しないと不満だった。

即座に田中のデスクに向かったが、さっきまで副館長と話していたのに、デスクはもぬけの殻になっている。

「帰っちゃったのかな」

さすがの真子も、不満げな表情を浮かべている。

田中は退社する際、なぜかパソコンの電源を落とさずに出ていくので、まだオフィスにいるのか帰宅したのか、他の職員と違って判断がつかない。煙草《たばこ》休憩も長いうえにＰＨＳを持ち歩かないので、確認しようもなかった。田仲の意味不明な悪習が、ドミノ倒しのように重なっていく。

史絵は自分のデスクに戻ってメールを打ちはじめた。

「史絵さん、急にどうされました？」

真子から声をかけられたが、「ごめん、これだけ打たせて」と言って、彼女の制止を無視する。

まずは、紛失した書類を今すぐ返してもらいたい。書類を預けていた以上、やっぱり今回のお願いを「聞いていない」と言い訳するのは間違っている。ちゃんと謝罪してほしい。これまでも何度も同じような不都合があって、本当に迷惑している。あなたが主任にいるせいで、私だけではなく大勢の職員がストレスを抱えている。

脳内がぐつぐつと煮え返って、キーボードを打つ手が震えた。

私は絶対に間違っていない。

というか、田仲になんとしてでも非を認めさせたかった。

けれども、送信ボタンを押す直前に一瞬だけ躊躇した。送ってしまえば、とり返しがつかなくなるかもしれない。そもそもこんな感情に任せたメールを送信したところで自己満足なだけで、理性的な解決からは遠ざかる。送らない方がよほどマシに決まっている――。

冷静になるのと同時に、送信ボタンをクリックしていた。

「どうしよう、私、とんでもないメールを送っちゃった」

真子はパソコン画面を覗いて、送信されたメールの文面を読んだ。

「これは……さすがに田仲さんもショックを受けるんじゃないですか」

数日前に、ヨシダのアトリエで細尾洋子から責められたことも、史絵の心の動揺に多少なりとも影響していた。あの一件があってから、小さいことでもナーバスになってしまっていたからだ。

「プライドの高い人ですからね。無駄に怒らせないといいですが」

「あー、こんなことでトラブってる場合じゃないのに」

頭を抱えつつ、史絵は気持ちを切り替えることにした。カタログの色校チェックも入稿作業もまだまだ終わっていない。支給される残業代に限りのある真子には先に帰宅してもらい、一人で遅くまで残ることにした。

徒歩圏内にマンションを借りているのは、こういう場合に対応するためだ。史絵は徹夜を覚悟して、コンビニに夜食を買いにいく。席に戻って子機を確認すると、不在着信のランプが点滅していた。

ひょっとして、田仲がわざわざ電話してきた？

そう期待しながら、内心、田仲の反応を気にしている自分に呆れる。あんなメールを送らなければよかったと心底悔やみながら、子機を確認する。すでに夜十時を回っているにもかかわらず、なぜか桑園からだった。

悪い予感を抱きながらかけ直す。

「もしもし、貴山です。さきほどお電話いただいていたみたいなんですが」

「じつはヨシダさん、病院に搬送されたそうなんです」

「え？」

桑園いわく、ヨシダはここ数日、宅配業者が訪ねても反応がなかった。しかし家に誰かがいる気配はあるので、近隣住民が裏口からなかに入った。すると床で倒れているところを発見されたという。今は碧波市内の病院で処置を受け、容態は安定している。桑園は明朝、始発の新幹線でこちらに向かうつもりだと話した。

「意識はあるんですか」

「さっき目を覚ましたそうです。ただし診てもらった先生いわく、これまで病気や投薬治療をくり返している経緯もあって、明日、精密検査を受ける必要があるとか。その結果によって、かかりつけ医である心療内科にうつるかどうかを判断するそうです」

「心療内科？」

「ヨシダさんが以前、お世話になった先生です」

「そうですか……申し訳ありません、気がつかなくて」

「いえ、貴山さんの責任ではありませんから。ヨシダさんとしても、人生最後の晴れ舞台とあって、頑張りたかったんだと思いますよ。幸い、今いる総合病院は、その心療内科とも連携をとってくださるそうなので、少しは安心です」

「あの、明日、私もお見舞いに伺ってもいいでしょうか」

「本人に訊いてみます。じつは他にも、気になることがあって。数日前にヨシダさんと電話したとき、展覧会に出す予定だった作品を見せるべきじゃないような気がして迷っていると言われたんです。全部破棄すべきなんじゃないか、と」

「破棄？　まさか！」

「ですよね。私もこれから説得しますが」

ついこのあいだまで穏やかだったヨシダの姿を、鮮明に思い浮かべられた。アトリエで日々カンヴァスに向かって筆をふるっていた。いったいなぜ？　これまで一緒に頑張ってきたのに。

「もし面会できそうだったら、明日の午後また連絡をしますね」

「分かりました」

「夜分にとつぜん、失礼しました」

「いえ、こちらこそ、ご連絡いただいてありがとうございました」

仕事は山積みになっているのに、どれも手につかなかった。

両手で顔を覆うと、最近会った人の顔や情景が、闇の向こうに浮かんでは消えた。いつも前向きに励ましてくれる真子の笑顔、ヨシダの穏やかな横顔、細尾洋子の疑いの目、田仲がにやりと笑った口元。

史絵は帰宅することも、仕事を再開させることもできなかった。

Ⅵ

1

結局、マンションに帰ったのは深夜だった。

眠れない夜が明けると、史絵はすぐに出勤した。課長が現れると、まず桑園からの電話について報告しにいく。

「最近、貴山さん一人でアトリエに行くことが多かったよね」

課長に問われて「はい」と答える。

「ヨシダさんの具合は悪そうだった?」

「少なくとも私は気がつきませんでしたが、ご無理をさせていたのかもしれません。昔の話というか、ご本人もずっと遠ざけていた過去の話も掘り起こして、精神的にも疲れさせてしまったんだと思います。あと、ご報告した通り、助手の子が突然手伝いに来られなくなってしまったのも、関係している気がします」

「たしかその子の親御さんがアトリエを訪ねてきたんだっけ? 分かりました。連絡が来たら、とりあえずお見舞いにいった方がいいね」

「はい、すみません」

「真子ちゃんは？」

「それが、今朝からまだ姿を見ていなくて」

「遅刻なんて珍しいわね」と課長は眉をひそめた。

史絵も気になっていたが、今は真子のことを心配している場合ではない。

桑園から午前中に連絡があった。ヨシダの体調が落ち着いてきたので、心療内科の入院病棟にうつることになったという。見舞いに来るならば、午後の遅めの時間帯がいいのではないか、と言われた。

ヨシダを昔から診ている心療内科は、一《いち》ノ宮《みや》病院という個人病院だった。手持無沙汰に病院のホームページなどを調べて、見舞いが可能な時間帯を確認しながら、すぐに向かえる距離にいるのに、と史絵はもどかしかった。


十時を過ぎると、副館長から呼び出された。副館長は、最終的に展覧会開催の有無を決定する立場ではあるが、この期に及んで開催しないという決断は、さすがに下さないだろうと腹をくくって向かった。

「さっき楠課長から聞いたけど、君からも説明してくれるかな」

機嫌が悪そうな口調だが、今日に限ったことではない。

史絵は昨日、桑園から電話があったことを伝えた。そしてヨシダは、展覧会の構成に不可欠な新作を、まだ完成させていない。間に合わなければ、いわば心臓部に当たる作品がごっそりと不在になってしまう。

開幕を遅らせるとしても、大々的に宣伝してしまっているので、メディアや協賛社とも調整しなければならず現実的ではない。まずは、手元にある作品だけでも予定通りに展示をして、空白の穴になってしまう壁には、「制作中」や「展示替え中」といった看板を出す方向で対応するつもりだと話した。

そうした解決策を挙げていると、黙っていた副館長が「そのことは分かりました。新作をどう埋め合わせるかはさておき、君に訊きたいことがあるんです」と切り出した。史絵は戸惑いながら、「なんでしょう」と答える。

「今回の君の取り組み方に、そもそも問題はなかったですか?」

副館長はこちらの反応を、どこか品定めするように無遠慮に観察した。

史絵は言われていることの意味が分からず、答えられない。

「昨日こんなメールを読みました」

副館長は座ったまま、ホッチキスでとじられた二枚の紙を史絵に手渡す。館内で使っているフリーメールの画面が印刷されていた。宛先と差出人を見なくても、その本文を目にした瞬間、史絵はいつ誰がどこで書いたものかを理解した。

それは他ならぬ、自分が田仲に宛てたメールだった。改めて紙にプリントアウトされ、ご丁寧にも蛍光マーカーまで引かれた文面は、ビジネスにはふさわしくなく、ほぼ暴言といってもいい。

「君は相当な負けず嫌いなのか、完璧主義なのか、とにかく驚いています。僕もこんなタイミングで、こういうことは言いたくないけれど、上の立場として耳に入った以上は見過ごせない。同僚に送るべきメールとは思えないし、田仲くんの手助けをするのは君の仕事のうちですよ。それなのに、こんな文面を送るかね？」

史絵は唇を噛んだ。

というか、田仲はこのメールを副館長に転送したということか。

なんというやつだ。

そんなことをする暇があったら、自分のミスで迷惑をかけたクーリエの件を、少しはフォローしてくれよ。

副館長の、今の時期には暑そうなウール生地のジャケットを見つめながら、史絵は必死に怒りを鎮めようとする。ここで反論すれば逆効果だ。冷静さを保つためにも、真っ先に謝罪しておこう。

「……申し訳ありません」

「それは僕じゃなくて、田仲くんに伝えなさい」

不満だらけな史絵の心を察したのか、副館長の怒りはおさまっていない。

「話はそれだけじゃないんだよ。日日新聞《にちにち》の担当者の方いわく、君は最近しょっちゅうヨシダさんのアトリエに通っていたわりに、一人で対応してばかりで、周囲への報告や相談を怠っていたそうじゃないか？」

思いがけない方向に話が飛んで、史絵は息を呑んだ。

「しょっちゅうだなんて、必要な用件があって通っていただけです。必要に応じて、課長に報告も入れていました」

「それが本当ならいいけど、私が聞いている情報とは食い違っていてね。先方によると、君がアトリエに宿泊したり、未成年のアシスタントの保護者と揉《も》めたりもしたと聞いてるけど、これは事実なの？」

「あの……どこからその話を？」

副館長は表情を変えずに、口調を強くした。

「まずは、質問にちゃんと答えなさい。こっちは事実かどうかを確認しているんだよ。もしも事実なら、君にこのまま担当を任せてもいいのかも、慎重に検討しなきゃならない。学芸員としての資質に関わる根本的な問題だから」

ヨシダのためにも冷静でいよう、と唇を嚙む。

「申し訳ありません。宿泊したのは事実です。ただ理由があって、悪天候で土砂崩れ警報が出てしまい、帰れなくなったんです。ヨシダさんのアトリエは、スマホの電波も届かない場所ですから、情報も入手できませんでした。それにアシスタントの保護者の方とは、揉めたというよりも、一方的に展覧会に関われないと言われただけで——」

副館長は面倒くさそうに、手のひらで制した。

「君にも言い分があるのは分かります。でもこれは仕事ですからね。個人的な行為であってはならない。ボランティアでもない。そもそも君は、組織の人間だ。だから君が組織の方針に背いて、目に余るような個人行動をしたのであれば、非を認めなければならない。分かりますか?」

「……はい」

「幸い、日日新聞の担当者の方は、君への信頼をまだ失っていないらしく、君が今後気をつけるという約束をしてくれるなら、今回は大事にはせず、ここだけの話に留めると言ってくれているみたいだから」

副館長の言うことは一方的な警告だった。

口を差しはさむ隙もなく、畳みかける。

「とにかく今すぐ田仲くんに謝罪すること。もし今後もこういうことがあったら、君の処遇について考えます。まったく、同僚に攻撃しても仕方ないだろう? こんなこと、私に言わせないでください」

途中から心を無にして、その場をやり過ごした。

デスクに戻り、気持ちを落ち着かせたあと、日日新聞の担当者に電話をかけた。ヨシダが搬送されて対応に追われていることを伝えると、担当者は「このタイミングで?」と驚きの声を上げ、自分も見舞いに行きたいと提案してくれた。

しかし今来られてもややこしくなりそうなので、近くにいる自分が様子を確認して、分かり次第報告する、という方向でおさめる。

「それから、いろいろとご心配をかけていたようで、申し訳ありません」

本題を切りだすと、相手が息を呑むのが分かった。

「ご心配といいますと？」

「じつは今朝、上司から呼びだしを受けまして。うちの職員から、最近そちらに連絡がありませんでした？」

「ああ、その件ですね。こちらも貴山さんを飛ばしての連絡だったので、正直言って戸惑いましたが、田仲さんとは以前から面識があったので――」

「待ってください、今、田仲って言いました？」

「あ、はい。田仲さんのことじゃないんですか」

詳しく確認すると、真相が分かった。

昨晩十時頃に、田仲から電話があった。別の仕事で知り合い、顔を合わせれば挨拶をするくらいの関係だった。いきなりヨシダ展について進行状況を訊かれ、難航しているという話をした。

「といっても、どの展覧会も直前になると立て込みますからね。貴山さんはアトリエにも頻繁に通っていて、一度は宿泊もなさっていたようで、本当に一生懸命に準備を進めているとお伝えしたんですが……すみません、余計な報告でした？」

「いえ、お気になさらないでください」

電話を切ってから、史絵は放心した。

ある意味で、田仲を見くびっていた。というか、こういう知恵が働くなら、どうして仕事に生かせないのだ。

急に吐き気がこみあげた。

トイレに行って、冷水で顔を洗い、ハンカチで拭う。ファンデーションがとれたが、構わなかった。というより、なにもかもとってしまいたかった。他人に対する不満から、詰めの甘い自分に対する悔しさまで。

鏡を見ながら、泣くものか、と歯を食いしばる。

今ここで泣くわけにはいかない。自分の信じてきたものを思い出そう。ヨシダの作品を世に届けるため、多くの人に見てもらうため、あともうひと踏ん張りなのだ。組織で立ち回るために仕事をするような人間に邪魔されてたまるもんか――。

トイレから出ると、廊下の向こうに田仲が立っていた。どうしてそんなところに立っているのだ。ああ、喫煙所の通り道だからか。非を認めたくはないが、これ以上ことを荒立てたくないので、歩み寄って頭を下げる。

「昨日は感情的なメールを送ってしまい、申し訳ありませんでした」

「もしかして、副館長から呼びだされた?」

おおげさな口ぶりに、胃が痛くなる。

「はい。お叱りはもう受けました」

目を逸らして通り過ぎようとしたとき、田仲が「あのさ」と呟いた。

「弁解するわけじゃないけど、副館長にメールを見られたのは、本当にたまたまでさ。昨日の夜、副館長から急に飲みの席に誘われて、偶然となりにいたんだよ。本当は見せるべきじゃなかったんだろうけど、話の成り行きでどうしようもなかったんだ。あと、日日新聞の人に電話かけさせられたのも、その流れで」

「そうですか」

冷たく答えると、田仲は口元を歪めた。

「貴山さんさ、俺の方が上の立場にいるんだから、そういう言い方は生意気すぎるんじゃないの？　たとえば、このあいだも消耗品の補充の件でイラついてたけど、普通、ああいう事務仕事は部下が多くやるもんだからさ」

「だから謝ってるじゃないですか」

史絵は田仲をにらんだ。

田仲は臆することなく、どこか愉快そうに見返してくる。

「ついでに言っておくと、深瀬さんのこともそうだよ」

「はい？」

「あの子がどうして今日休んでるのか、どうせ考えもしなかっただろ？　彼女、自分の個展の準備が間に合わなくて、踏んだり蹴ったりだって言ってたよ。君がヨシダカヲルに深入りして無茶な行動をとったり、逆に深瀬さんのことを信頼せずに、仕事を全面的に任してくれないことにも悩んでるみたいだったよ」

「……まさか」

思いがけないことを言われ、声が詰まった。

「君の方こそ、ちゃんと非を認めるべきだと思うね。君は俺に対して、自分だけ常勤の主任になってズルいって思ってるんだろ？　だから俺には、私以上に働くべきだっていう不満があるんだろ？　でもその構図は、君と深瀬さんにも当てはまるんだよ。アルバイトでしかない深瀬さんの目に、学芸員として上に立つ君はどんな風にうつってると思う？」

返す言葉がなく、立っているのも精一杯だった。

「自分だけが特別じゃないよ。深瀬さんはいい子だから、口には出さないだろうけどね」

田仲は好きなだけ言い終えると、すっきりとした表情になり、口笛でも吹きそうな軽い足取りで去っていった。

本当に真子はそんな愚痴を田仲にこぼしたのだろうか。

信じられなかったが、身に憶えがないわけではない。美術業界のブラックな実情にうんざりしてきた史絵は、だからこそ補佐員の子たちへの発言や態度に、最大限の気を遣ってきたつもりだったのに。

史絵の足は、ふらふらと展示室に向いた。

展示室くらいしか一人きりになれる場所が思いつかなかった。作業用の鉄扉からなかに入ると、壁がほぼ撤去されて、何十メートルという奥行のがらんどうが広がっていた。とはいえ、施工業者が作業をしているので、時折ビスを打ちつけるドリル音や、ハンマーの音が高い天井に響きわたる。

副館長や田仲から言われたことも一緒に、頭をめぐる。

ベンチに腰を下ろしてぼんやりしていると、誰かが入ってくる音がした。

「貴山さん！」

ふり向くと、課長が立っていた。史絵の方を見るなり、全速力でこちらに走ってくる。圧倒され、その場から立ちあがれずにいる史絵に「探したよ、こんなところにいたの」と息を切らして言う。

「すみません……あ、子機がない」

「席に置きっぱなしになってた」

再度謝ろうとした史絵を、課長はなにも言わずに抱きしめた。

「副館長に呼びだされたんだって？　ひどいこと言われたんでしょ」

「かなり絞られました」

「ったく、困った人たちだね！」

あっけらかんとした課長の一言で、はっと目が覚める。

白黒だった視界が、カラーに戻ったようだ。

史絵は呼吸を整えて、副館長から呼びだされるまでの事情を報告した。田仲に送ったメールについては、課長の耳には届いていなかったらしい。普段、副館長や田仲に対し、そこまで強い態度に出ない課長も、史絵に同情的になってくれた。

「でもボタンのかけ違いってあるからね」

「そうですね……私にまったく非がなかったわけじゃないので。メールを送ったのは他ならぬ私ですし、そこは反省してます」

真子のことも気になったが、課長には話さなかった。それは真子に直接、話さなければならない問題だった。

「よかった、貴山さんがそこまでひどい状態じゃなくて。とにかく今は身内の争いに時間を割いている場合じゃないからね。ヨシダ展がどうなるかは、あなたにかかってる。一番大事なことを見失っちゃだめよ」

やわらかい口調で活を入れられ、史絵は「そうですね」と立ちあがった。

デスクに戻ると、桑園から不在着信が入っていた。正午過ぎに折り返しかけると、桑園は一ノ宮病院に到着して、かかりつけの医師とも話ができたという。今、ヨシダは入院病棟にうつっている。面会許可をもらった史絵は、課長に断りを入れて、すぐに様子を見にいくことにした。

2

一ノ宮病院は、美術館からバスで三十分ほどの距離にある、学校を連想させる古い建物だった。海岸沿いの国道からも近い、丘になった高台に位置しているため、海も見えて災害にも強い病院、というのがウリらしい。

窓の大きい待合室の長椅子に、桑園が腰を下ろしていた。

「お待たせして、すみません」

「いえ、早速ですが、行きましょうか」

桑園は立ちあがって、入院病棟と記された案内板の方に歩いていく。

病院のホームページには〈本人の自由意志を尊重する任意入院のみ〉や〈誰でもいつでも訪問できる開放病棟〉などと書かれていた。

「勘違いかもしれませんが、一ノ宮さんというお名前って、作品の所蔵先リストで何回か見かけたような気が……」

歩きながら桑園に訊ねると、「よく気がつきましたね」と言われた。

「一ノ宮先生は、ヨシダさんのコレクターのなかでも、長いあいだ買ってくれている方なんですよ。とくに東京から戻ってきて、病院を転々としていた時期に、もっとも親身になって支えてくださった先生でもあるそうです」

「ファンでもあり、かかりつけ医でもあるんですね」

「先生と出会っていなければ、もっとひどいことになっていただろうとヨシダさんも話していました。一ノ宮先生は芸術療法についての著書もあって、薬に頼るだけではない適切なアドバイスをくれるとか。きっとヨシダさんのことをアーティストとして尊重してくれているんでしょう」

入院病棟は、ホームページに書かれていた通り、窓の多い開放的なデザインで、申請とセキュリティチェックさえすれば、誰もが自由に出入りできるらしい。長い廊下と油の引かれた床のせいか、休みの日の学校によく似た雰囲気だ。

「この部屋です」

桑園はノックをして、個室の引き戸を開けた。中央に置かれたベッドで、ヨシダは上体を起こしていた。想像していたよりも顔色がよくてほっとする。桑園に促されて、史絵は「失礼します」と頭を下げて、ヨシダの枕元に近づく。

「じゃ、僕はここで」と、席を外した桑園に、史絵は礼を伝えた。

「具合はいかがですか」

史絵が訊ねると、ヨシダはかすれた声で呟いた。

「申し訳ないですね」

展覧会の開幕直前にこんなことになってしまったことを、誰よりも無念に感じているのはヨシダなのだと、史絵はその一言で理解した。

「今は心配なさらないで、回復することだけを考えましょう」

ヨシダはなにも答えず、窓の方を見た。窓の向こうには海が広がっていた。さっき国道沿いを走るバスから眺めたときよりも、いくぶんか近くて色も淡かった。太陽のきらめきに包まれて、波の重なりが光の帯をつくっている。

無機質な病室のベッドに横たわるヨシダは小さく老いて、数え切れないほどの絵画群に囲まれていたアトリエでの彼女とは、別人のようだった。

「こちらこそ、ご無理をさせてしまって」

やはりヨシダの返事はなかった。史絵は改めて、ヨシダの気持ちも考えずに、過去のことを掘り返して、無理をさせたことを謝罪した。

ヨシダは黙って史絵の話を聞いていたが、心に届いているようには思えなかった。

スケジュールの調整、出展する作品の確認など、開幕を目前にした今、事務的に訊かなければならないことは、たくさんあった。しかし今のヨシダと話すべきことは、絶対にそれではないだろう。

頭に浮かんだのは、ずいぶんと前に課長から言われたことだった。

――こちらが心をひらけば、思ってもみなかったすばらしい体験をさせてくれることもあるから、ぜひ頑張ってほしい。

ヨシダ展を担当しないかと提案されたときに教わった、今を生きるアーティストと仕事をするうえで一番大切なこと。こちらから心をひらく。本音を隠さず、つねに誠実に向き合うということ。

当たり前じゃないか、とそのときは正直ピンとこなかった。でも、なぜか今になって啓示のように、史絵の胸に響いた。

「私、病気なんです。婦人科系の、よくある病気ではあるらしいんですが、赤ちゃんを生みづらくなるみたいで」

ヨシダはゆっくりとこちらを見た。

「ヨシダさんと初めてお会いしたのと同じ時期に、健康診断で発覚しました。だからこの約一年間、治療をしながら仕事をしていました。それまで自分の身体は自分のものだって、当たり前に思っていました。いつでも自由に動かせるし、異変には適切に対応すれば大丈夫だって。傲慢だったんです」

息が詰まってしまい、一呼吸を置いた。

「でも病気になってはじめて、自分の意思ではどうしようもない理不尽なこともあるって知りました。とにかく打ちのめされて無力感でいっぱいになることも。本当は、なにひとつ当たり前じゃないのに」

途中、声が震えてしまった。

史絵は一気にしゃべり終えると、深呼吸をした。ヨシダは微動だにせず、こちらを見ている。窓の外の海は、さらに淡くなっていた。このまま変化すれば、白っぽい水色の空と同化しそうだった。

なにかに似ている。

そうか、ヨシダの絵だ。現在進行形で彼女が取り組んでいる抽象絵画は、やっぱり時々刻々と変化する海に似ている。

「でも人生なんて、そんなことの連続ですよね。今までだって、自分の思うようになったことなんて、数えるほどしかありませんでした。学芸員になれたことくらいでしょうか。だからこそ、私はヨシダさんが生みだす作品に、ヨシダさんという女性の生き方に、心を動かされたんです。ヨシダさんはそういうつらさも悲しさも包みこんだ、ひとつ広いところにいるから」

「カタログにも、そう書いてくれていたね」

やっと返事があって、笑みを返した。

「はい、結局は、それなんです。ヨシダさんの絵を見ていると、自分の存在さえも忘れられます。私っていうちっぽけな檻《おり》から解放されて、むきだしの魂で、深いところまで下りていけるんです。だから今回の展覧会を多くの人に見てほしい。私が体験したことを、みんなにも体験してほしい。届けたい。そう思っています」

史絵が話しているあいだ、ヨシダは相槌も打たずに聞いていた。

史絵が黙り込んだあとも、なにか意見を言うわけでもなく、窓の外を眺めていた。

ヨシダは口数が少なかった。薬のせいか、それとも沈んだ気分のせいか。前回会ったときは、あんなに饒舌に自身のことを話してくれたのに。それでも、帰れとも言わなかった。だから史絵は日が傾くまで、黙ってヨシダのそばに座っていた。

自分の言葉がヨシダに届いたのかどうかも分からぬままに、史絵は一ノ宮病院をあとにした。桑園からは、またなにかあっても開幕までは協力するので、いつでも連絡してほしいと念を押されたが、無力感にさいなまれる。

バスで白石美術館に戻ったときには、日は傾いていた。

「ヨシダさん、倒れたって本当ですか!」

オフィスには真子の姿もあって、戻るとすぐに声をかけられた。

「うん。でも今は安静にしてるよ」

「そうですか……大変なときに午前休をいただいてしまって、本当にすみません」

「謝らなきゃいけないのは私の方だよ」

「え?」と真子は顔を上げた。

「田仲くんから聞いたよ。真子ちゃん、自身の個展の準備と重なって、いっぱいいっぱいになってたんだってね」

心当たりがあるのか、真子は手を口元にやったあと「あー、絶対に田仲さん、余計なこと言いましたよね」と青ざめた。

「ううん、私も反省してるし」

真子は「そんな」と叫び、勢いよく頭を下げた。

「私はただ、ヨシダ展が忙しくなるのは分かっていたのに、不用意にも、自分の個展を計画したことを後悔してるって愚痴っただけなんです。私に比べれば、史絵さんの方が何倍も大変だって分かってるし。あー、どうして田仲さんなんかを信じちゃったんだろ。別に史絵さんに対してどうこういうわけじゃなくて」

おかっぱヘアをくしゃくしゃにして気持ちを伝えようとする真子に「ありがとう。とにかく今は、ヨシダ展をなんとか前に進めることだけ考えよう。このままじゃ本当に沈んじゃうから」と史絵は気を取り直すように言った。

「そうですね、はい」

デスクに腰を下ろすと、不在着信を告げる伝言メモがパソコン回りにいくつも新たに貼ってあった。いずれも明後日からはじまる設営に関する問い合わせであり、その対応に追われながら展示される作品のキャプションを確認し終えた頃には、あっという間に終業時間になった。

帰り支度を終えた課長から、声をかけられた。

「今日はいろいろと大変だったね。もう帰ろうと思うけど、あなたたちは?」

「私たちもつづきは明日やります」

「だったら、今からうちに来てご飯でもどう?」

史絵は真子と顔を見合わせたあと、「いいんですか」と弾んだ声をそろえる。課長と終業後に食事に行ったことは一度もなかった。残業しても急いで帰ってしまうし、こちらから誘うのも気が引けたからだ。

「本当はどっかお店に飲みに行きたいけど、娘が待ってるから、うちでもいい？」

「私は大丈夫です」

と言いながら視線を投げると、真子は「ぜひ！　ありすちゃんのファンなので」とはしゃぎ声で答えた。

課長がありすと二人暮らしをしているのは、路面電車で三十分のところにある、夏の週末には地元民でにぎわう小さな港町だった。庭付き中古物件に引っ越したのは、ありすの教育のためだという。

こぢんまりとした真新しい平屋だった。玄関を開けると、半畳ほどの三和土《たたき》にはスクーターが置かれ、女の子用のスニーカーが脱ぎっぱなしになっていた。その靴を揃えながら、課長は「思いつきで誘ったから、散らかってるんだけど」と断ったあと「ただいま」と奥の部屋に向かって声を張った。

史絵は、最寄りの駅前のスーパーで買ったものを両手に下げて、課長に言われるまま靴をぬぎ、なかに入る。四人掛けのダイニングテーブルでは、ありすが鉛筆を持って、ドリルらしきノートに向かっていた。

顔を上げると、驚いたように固まる。

「……お客さん？」

「こんばんは、ありすちゃん」

取り組んでいたドリルを、真子はにこやかに覗きこんで「宿題?」と訊ねる。さすが教育普及担当として普段から子どもを相手にしているだけあって、ありすはすぐに安心した表情を浮かべて「そう。塾の」と答えた。

ダイニングテーブルの半分以上を、公共料金の領収書や学校から保護者に宛てられたプリント、おかしの袋などが雑然と占めていた。居間には、自立式の室内干し用竿《さお》に吊《つ》るされた大量の洗濯物もあった。乾いたあと畳まれることなく身につけられる予定だったのであろうそれらを、課長は「ごめんね、こんな見苦しいところを」と苦笑しながら、ありすと手分けして取りはずしはじめた。

「ほんとだよ。人を呼ぶなら、まずこういうの片付けなきゃ」

ありすが呆れたように文句を垂れ、課長は「そんなこと言って、ありすだって突然うちに友だち連れてくるじゃない」と唇を尖《とが》らせる。

「子どもはいいの。大人はダメ」

片付いていない自宅や娘との普段のやりとりを見られるなんて、少し前までの課長との関係性であれば想像もつかなかった。いや、心の壁をつくっていたのは、課長ではなくて史絵の方だった。課長は出会ったときから、オープンな姿勢でこちらを見守ってくれていたのだろう。

「とりあえず座ってて」

「お気遣いいただかなくても」と真子はフォローを入れる。「うちより全然いいですから。うちを散らかすのは子どもじゃなくて年寄りだから、もっと退廃的というか、なーんかいやな臭いがするというか。それに比べりゃ、ここは超快適です」

「私の部屋も、開幕直前になると必ずこうなります」と史絵も肯いた。

それから課長は台所に立ち、目まぐるしい手際のよさで料理の支度をはじめた。課長を手伝いながら、女手一つで育てるというのは時間との戦いなのだなと実感する。ありすも家事に慣れているらしく、台所のどこになにがあるのかを熟知していた。こちらが面倒を見るというよりも、逆にもてなそうとする姿勢に感心した。

冷凍ギョーザをメインにしてサラダに味噌汁、白ご飯などを運び終わると、四人で食卓を囲み、他愛のない話題で盛りあがった。こんな風にわいわいと楽しい食事をしたのは、いつ以来だろう。実家にも滅多に帰らないし、雄介と会うときはたいてい二人だけだ。温泉にでもつかっているように、子どものエネルギーで心がじんわりと温められた。

食事を終えたあと、課長は史絵に缶ビールをすすめてくれた。グラスに注《つ》いで「お疲れさま」と乾杯し、「今日は大変だったね」「お互いに」と労《ねぎら》いの言葉をかける。

「課長には救われました、ありがとうございます」

「私にも身に憶えがあるからさ。田仲くんも小姑《こじゅうと》みたいなチクリをするんだね」

「副館長から問いただされたみたいですね。飲みの席に呼びだされて、偶然となりに副館長がいたそうで」

「本当に？　じゃ、五十川副館長が黒幕だったわけか。五十川さんって、まだ飲みニケーションをつづけてるわけだ――って、もう死語だし」

「課長の苦労をお察しします」

頭を下げると、課長は真面目な調子で言う。

「でも五十川さん、昔はあんな人じゃなかったんだけどね。大人しくて研究者気質で、こつこつ論文を書ければそれでいいっていう。実際、若い頃に論文の賞をとって、実力もあったからね。管理職になっちゃって、歯車が狂ったんだろうね」

「どうして不向きな管理職に？」

「そりゃ、男性だからよ。美術業界で男性は数も少ないし、当時、周囲にいた優秀な女性学芸員たちに担がれちゃって、五十川さんもできる気になったんだろうね。いつしか権力にこだわるプライドの高い人になって、会議で居眠りしてても誰もなにも言えなくなった。気の毒な話だと思う。踏み台になった女性学芸員も、ご本人さんも」

「なぜ当時の女性たちは副館長をそこまで助けたんでしょう」

「そういう時代だったのよ」

真子とソファで遊んでいるありすを見つめながら、課長は呟く。「私もね、若いときに作家といろいろあったんだ」

課長と向き合って食卓に座っていた史絵は、缶ビールの注がれたグラスを置いた。

「ありすちゃんのお父さんもアーティストですよね？」

「うん。今も年に何回かは会ってるけど、だんだん減ってるんだ。赤ちゃんのうちは、向こうもしょっちゅう会いにきたりオンラインで連絡くれたりしたけど、ありすが成長すると言語の壁が大きくなってきちゃってね。父親は日本語ができなくて、ありすもフランス語はそれほどだし。いずれ塾とかで勉強するつもりみたいだけど、複雑なコミュニケーションができるようになるかは分からないな」

課長は肩をすくめた。

「切ないですね」

「とはいえ、顔を合わせれば、言語を超えたところで通じ合えるんだけど」

ふと壁のカレンダーに目をやると、「おばあちゃん」という書きこみが、何カ所かに見つけられた。学校の行事の他、家事育児を手伝いに来てくれるらしい。課長の実家は、碧波市からそこまで遠くはない。白石美術館への転職を決意したのも、そういった事情があったのだろう。

「でもね、私がこれまで一番しんどかったのは、ありすの父親との関係じゃなかったんだよね。昔の私って、貴山さんなんか比べものにならないくらい尖っていて、扱いの難しい小娘だったからさ」

ビールを飲み干すと、課長は話をつづけた。

課長が以前勤めていた都内にある大型美術館で、日本人アーティストを集めたグループ展を企画したのは、史絵くらいの年齢だったという。参加することになった一人のアーティストは、天皇制や日韓問題といったデリケートな問題に、あえて直球で分け入っていくうえに、露悪的な作風だった。

「その人を選んだのは、私の趣味というよりも、文脈的に無視できないくらい活躍してたからだった。もちろん、館内では、公共の場で見せるには過激すぎるんじゃないか、っていう反対意見もあったけれど、公平な目で見て、その人を選ばないわけにはいかないと思ったわけ。でも正直、私も本当にそれでいいのかという迷いがあった」

するとその展示したそのアーティストの作品は、ネットを中心に炎上し、さまざまな人権団体だけでなく行政からも抗議文が届いた。さらに過激な思想を持った匿名の者からも、つぎつぎに脅迫めいた電話やメールが押し寄せた。針の筵《むしろ》のような状態に追いこまれた美術館側は、謝罪文とともに作品を撤去せざるをえない状況に追い込まれた。

「同僚にも迷惑をかけたし、とにかくしんどい時期だった」

「私だったら、乗り越えられる自信がないです」

「でも、本当にショックを受けたのは、そのあとでね。騒ぎがなんとか収まった頃に、今度はアーティスト側から検閲じゃないかっていう主張がSNS上で起こって、あちこちでデモみたいな活動が起こった。気がついたら、私は魔女狩りみたいな状況に立たされていたってわけ」

課長はそこまで話すと、口元を歪めて黙りこんだ。

史絵もうっすらと、その一連の出来事については聞いたことがあった。まだ卒業したばかりだったうえに、個人的に関心がなかったので深くは知らなかったが、その矢面に立たされていたのが課長だったとは。

「その責任を負うかたちで退職して、白石美術館に?」

課長は肯いた。

「館としても、女性の学芸員の方がクビを切りやすかったんじゃないかな。なかには、私にヒステリックな面があるからだとか、男性アーティストとすぐに恋愛関係になるからだとか、ネットで中傷する人もいたな」

「そんな!」と傍らで聞いていた真子が声を上げる。

「まぁ、昔の話だから」

「でも……」

課長は自嘲気味にほほ笑むと、缶ビールをグビッとやった。

「とにかく私が言いたいのはね、人がなにかを表現することは、誰かの人生を決定的に変えてしまう危険をはらんでいるんだって、そのとき身をもって知ったってこと。そのことはありすにもずっと黙っていたんだけど、このあいだやっと話ができて。そしたら、なんて言ったと思う?」

史絵は首を左右にふった。

「もし同じようなことがまた起こったら、私に相談してってって。大人びてるでしょ? まだ十歳なのに、一人前なことを言うんだから」

課長は笑った。史絵もつられて笑う。

「ありすちゃんらしいです」

ありすは真子と仲良く工作に集中していると思っていたが、こちらを見て「私の話をしてる?」と訊ねた。

「お母さんは、ありすちゃんに助けられてるって話だよ」

真子が代わりに答えると、ありすは訳知り顔で肯いた。

「当然だよ。美和子は一人じゃ無理だから」

「そりゃ、どうも」

とぼけた調子で頭に手をやり、史絵の方をふたたび見た。

「今の話、本当にその通りだと思わない? 展覧会ってチームワークでしょ。作家とキュレーターの関係もそうだけど、美術館の職員同士もそうだから。ひとつの船をひとつの方向に進める。だからあなたも一人で背負う必要はないんだよ」

課長だって、何度もくじけそうになりながら、それでも守りたいなにかがあって、今ここにいるのだ。

「前におっしゃっていたことの意味が、やっと分かりました」

「前って?」

「ほら、ヨシダ展を担当するように指示を受けたときです」

ややあってから、課長は「ああ」とにっこり笑った。

「やっぱりそうだったでしょう」

「はい、本当に」

笑い合っていると、傍らで見ていた真子が、きょとんとした顔で訊ねる。

「なんの話です？」

将来が不安なのは変わらない。

それでも、今目の前にあるものに感謝して、精一杯やろうと思った。

ふとヨシダのことが、頭をよぎる。今頃、病室でなにをしているのだろう。ちゃんと眠れているだろうか。ヨシダ展を担当して、本当にいろんなことを学んだ。まず今の自分がすべきなのは、ヨシダを信じることだった。

3

意識は混濁しているのに、夜になっても寝つけなかった。

枕元に置いてあった個展のチラシを手にとる。碧波市で人知れず筆をとりつづける孤高の女性画家。うまく言ったものだ。会場の中心に据えられるはずの絵は、嵐の夜から集中して描いてきたものの、完成には至っていない。

今朝、貴山史絵が訪ねてきてくれた。はじめて会った日からずっと、眩しいほどの情熱を持って、こちらと美術館側とのあいだに立ってくれた。もう自分が失ってしまった情熱でもあった。つい影響されてしまうとは。

一ノ宮医師からも呆れられた。

――はっきり言って具合はよくない。勝手に薬をやめていたでしょ？　自分の判断で中断すれば、おさまっていた症状も再発します。そのうえ心臓に負担がかかって、高脂血症も起こしていると来た。今回助かったのは本当に幸運だったね。手術か投薬か、今すぐ検討すべきですよ。

ずいぶんとおじいさんになったものだ、と一ノ宮の話を聞きながら思った。

――もう治療を受けるつもりはないよ。

――まったく呆れる。命は大切にしなくちゃ。

――だからこそ、残された時間をベッドで過ごしたくないんでね。

一ノ宮はじっと目を覗きこみながら、

――よく考えてください。

とだけ忠告した。

ベッドから身を起こして、スケッチブックをひらく。アトリエから持ってきてほしいと桑園に頼んだものだ。水をためた紙コップと水彩絵具を準備すると、絵筆で一本の直線をすっと横に描いた。さらにとなりにもう一本、もう一本と足しながら、少しずつ色合いを変化させる。

この感覚を、私は愛していた。捉えどころのない、絵具の広がりを。

「ヨシダさん」

聞きなれた声がして、顔を上げた。

ドアの方を見ると、エイトが立っていた。幻覚だろうか。エイトは緊張した面持ちで近づいてくる。はじめて会ったときからそうだった。この子は自分に似ていた。周囲に置いていかれ、孤独に立ち止まっている。

「どうして、もう来なくていいと言ったの」

エイトは訊ねたあと、スケッチブックに目をやった。そこには日々、表情を変える海が描かれていた。窓の外にも静かな夜の海が広がっている。

丘と海のあいだには、数十軒の古い家屋があるが、半数以上が空き家になっている。昔は宿場町として栄えていたが、どんどん人口流出している寂しい地方の田舎。そうか、私は故郷を描いていたのか。

私の方こそ、エイトにもう会えないのは寂しいよ。でも私も、いつまでもアトリエにいられるわけじゃない。自分の居場所は自分で見つけなきゃ。サボテンは氷のうえに置かれたら枯れるし、シロクマだって砂漠では生きられない。楽にいられる場所を探したからって、誰もそのことを責めはしないから――。

細い腕をつかんで、身体を引き寄せる。泣かなくていい。大丈夫、長い目で見れば、きっとなんとかなる。私だってそうだったんだ。背中をさすりながら言い聞かせる。しかし夢だったのか、気がつくとエイトの姿はなかった。

代わりに、なつかしい女性の顔があった。夢を見ているのか。記憶の姿よりも、うんと年をとっている。彼女と対面して感じる胸の高鳴りは、夢のつづきと思えない。信じられない気持ちで、こちらを見つめる白石永子《えいこ》を見返す。

「いつからそこに?」

「少し前から。エイトくんって誰なの」

窓の外は明るく、いつのまにか東の水平線の上に、太陽が昇りきっていた。

夢だったのか、と思いながら「手伝いにきてくれていた子」と答える。

「あなた、諦めるつもり?」

肩をすくめて見せる。

「そんな言い方、心外だよ」

私は全力を尽くした。そもそも私を裏切ったのは、あなたの方じゃないか。それなのに今になって、夢を叶えたいだなんて都合がよすぎる。私がどれほど命がけで、あなたのことを考えていたか。そういうところも相変わらずだ。

黙って考えていると、永子は笑みを浮かべて手をとった。

どちらの手もしわが深く刻まれ、血管が浮きでていた。その手を見ていると、過去の細かいことなど、しだいにどうでもよくなる。お互いに今まで生き抜いただけで、十分に上出来なのだ。永子も同じ気持ちのようだった。

「ずっと謝りたかったの」

「もういいよ」

彼女は小さく首をふった。

「若い頃の私は、なにも分かっていなかった」

「たしかに私の魅力を分かっていなかった」

冗談めかすと、永子は「変わらないね」と笑った。

「別れの理由」

「子どものこと？」

「そう。産めば幸せになれるって、短絡的に信じていた。無論、子宝に恵まれたことは私の人生で最大の喜びだったし、今も後悔していないわ。出産や育児の苦労を帳消しにするくらい、すばらしい経験だった。それは正直な気持ちよ。でもね、今ふり返れば、どうしてあんなに産むことにこだわっていたんだろうとも思う」

永子と手を重ね合わせながら、あの頃の二人を思い出す。何度となく反芻《はんすう》してきた。そのせいか、ずっとそばにいたように思える。でも目の前にいるのは、本物の永子だ。答え合わせをするなら今しかない。ずっと気になっていたことを訊ねる。

「どうしてだったの？」

「なにが」

「子どもにこだわっていたのには、他に事情があったんでしょう」

「なにもかもお見通しね。昔と変わらない。私はね、いずれ自分からあなたが離れていくのが本当に怖かったの。だったら、自分から離れていこうと思った。だってあなたには、作品を生みだす力がある。でも私にはなにもない。せめて子どもを産むくらいしか。短絡的よね。つまりは、あのままあなたを支えつづける覚悟が、私にはできなかった」

「もうひとつ訊いていい？」

「もちろん」と彼女は強く手を握る。

「常若という言葉を、私の作品に見出してくれたのは、永子だったね。その言葉は今も大事にしてる。今じゃ、逆に常若を表現しようと心がけているくらい。でもどうして昔のつたない作品から、常若を感じとってくれたの？　当時はそんなこと、私自身でさえ思いもしなかったのに」

「言ったでしょ」永子は涙をぬぐった。

「あなたの作品を見ていると、命のめぐりを感じる。子を産むとか産まないとか、そんな狭い視点じゃなくて、もっと大きな営みが表現されている。そしてそのことを、あなたは人生を通じて、身をもって証明しているじゃない。私の目に狂いはなかったわ」

4

搬入初日は、生憎《あいにく》の大雨だった。

トラックヤードは屋根つきだが、湿度の高い風が音を立てて吹き荒れていた。

会場設営は無事に終わりそうだった。可動壁でつくった空間では、施工業者が仕上げのクロスを貼ったりしている。いよいよこの美術館に、史絵たちが手分けをして全国をまわって回収してきた、ヨシダの過去作が集結するのだ。

「新作、間に合うといいですね」

トラックヤードで輸送車を見守りながら、真子が手を合わせた。

「ヨシダさんを信じよう」

一ノ宮病院まで見舞いにいった翌日、出張先で桑園からの電話を受けとった。早朝ヨシダは自らアトリエに戻り、新作に手を入れはじめたという報《しら》せだった。間に合うかどうかは分からないが、桑園もあと一週間は碧波市内で宿泊する予定だといい、できる限りのサポートをしてくれている。

開幕までの二週間は、とにかく体力勝負になる。朝八時の作業開始時刻から、展示室に移動されたクレートが計画的に開梱され、それらの作品が展示室にあるあいだは、絶えず目を行き届かせなければならない。史絵と真子は美術品専門の輸送会社のハンドラー数名ずつの二組に分かれ、作品のコンディション・チェックを順番にこなした。

他館の展示室や収蔵庫に眠っていた作品は、旅立つ前にチェックがなされており、そのあとクレートに入って輸送され開梱される。また、白石美術館の壁にかけられるときにも、ダメージを受けていないかを入念に確認しなければならない。いわば作品のカルテともいえるシートに、既存の傷や染みなどが鉛筆で記録されているので、新たな破損を受けていないかを、手際よく見ていくという作業だった。

しかし順調に搬入作業が進むほどに、ヨシダの新作を展示する予定の、展示動線のなかでももっとも大きなスペースの空白が目立った。

「ここの作品はまだ?」

様子を見にきた課長も、心配そうに訊ねる。

「今、ヨシダさんが頑張ってくださってるそうです」

「間に合うかな」

「きっと大丈夫です」

「変わったね、貴山さん。いい顔してる」

「もうここまできたら、開き直るしかないんで」

長距離を走り抜けているような、心地よい倦怠《けんたい》感に包まれていた。余計なことを考える暇もない時間がつづき、テンションがおかしくなったのだろうか。

いつも以上に周囲がくっきりと見えた。展示室を歩きながら、修繕した方がいい壁の染みにも意識が届き、ハンドラーたちの動きも明確に予測、指示できた。

田仲とは、あれからまともに会話をしていないけれど、今朝エレベーターで一緒になって自ら「おはようございます」と挨拶した。向こうからどう思われているにせよ、気まずさはもう感じなかった。勝手に期待しては裏切られる、という茶番から足を洗うと決めたとたんに心が軽くなったからだ。

昼休みには、五十川副館長が様子を見にきた。真子は身構えていたが、史絵は率先して状況を説明した。

副館長も史絵に強く注意しすぎたことを気にしていたらしく「万が一新作が届かなかったら、旧作で埋めるのもアリかもしれないね。たとえばこれとこれを……」と、長年のキャリアがあるからこその代案を提示してくれた。

そういう不器用なフォローがあるからこそ、今まで女性学芸員に見放されずに来られたのかもしれないな、とはじめて気がつく。自身の問題で頭がいっぱいになるほど、苦手な相手の嫌な面ばかりが目について、逆にいい面を見過ごしてしまうものであり、それは誰にとっても損だと学ぶ。

とはいえ、すべてが奇跡のようにうまくいくわけがなかった。準備していたつもりだった道具や備品が欠けていて急きょホームセンターに駆けこんだり、他館からのクーリエのために用意した控室の空調が壊れていたり、アクシデントの対応に奔走した。あまり調子にのってはいけないよ、と天から釘を刺されたようだった。

開幕二日前、スケジュール通りに進行したおかげで、夕方にはほとんどの作品を壁にかけ終わっていた。あとは照明の調整、壁のリタッチ、キャプションの取りつけを進めていくだけだ。ヨシダカヲルのこれまでの画業をふり返れる、豪華なラインナップの展示がすでに仕上がりつつあった。

他が整うほどに、メインの作品の不在が際立っていくが、史絵は最後まで、代案に切り替えることはしなかった。そんな願いが通じたのか、桑園から電話がかかってきたのは、その夜遅くのことだった。

「完成したそうです。知り合いのドライバーにお願いして、明日の朝イチで作品を運びに行きますので」

「本当ですか！」

「ただ、ヨシダさんはまだ体調が優れないので、明日はゆっくり休んでもらうためにも、私が搬入に立ち合います」

「ありがとうございます。ヨシダさんにも、どうかオープニングに来ていただけると私たちも嬉しいのですが」

「体調次第ですね」

とはいえ作品が届くとは、なによりの朗報だった。

翌朝、美術輸送専門のトラックがヨシダのアトリエから絵画を運んできた。できたてほやほやの絵画は、クレートはおろか段ボール素材の箱もなく、表面を油彩の梱包に適したクラフト紙でカバーして、そのうえからバブルラップで包まれただけの状態で、トラックに載せられていた。

まだ乾ききっていない画材の香りが、展示室に満ちていった。よく晴れた日にあのアトリエを再訪したようだった。ベテランの作業員たちによって、スペースを空けていた白い壁に、全長四メートルもの幅になる四連の巨大なカンヴァスが立てかけられる。彼らはてきぱきとサイズを測定し、計画通りに壁にビスを打つ。そしてゆっくりと絵画を持ちあげるのを、史絵は真子とともに見守った。

雨天に海と空を分ける水平線のように、今にも白く溶けて見えなくなりそうな淡い色の線の重なりだった。それが何十、何百とほぼ等間隔に重ね合わされて、なんともいえない形態を成している。

見入っていると、不思議とこの一年半のことが思い出された。

はじめてアトリエを訪れたとき、思いがけず、作品をはじめ人柄や生活スタイルに心を動かされたこと。

ともに山を歩きながら、常若という言葉を教わったこと。

ヨシダにとって絵を描くことは、幸せになるための修行であり、山深い奥地から大海原に向かって魂を解放させる旅だった。ヨシダが命を削って完成させた傑作を前に、史絵はその溢れんばかりの愛を、降り注ぐ光のように全身で受けとめた。

最終確認が済んだあと、真子に断って、展示室から野外の駐車場に出ていく。

コール音何回かで電話がつながり、「久しぶりだね」という雄介の声がした。

「うん。おかげ様で無事に開けそう」

「よかったね。体調は?」

しばらく話していなかったせいか、とてもなつかしく感じる。

「悪くないよ。あのさ、近いうちに会って話がしたいんだけど、時間つくれる？」

「いいよ。俺も同じこと思ってた。いつ来る？」

「そうじゃなくて、雄介がこっちに来てほしい」

息を呑むのが分かった。

誰もいない駐車場は夏の虫がうるさいほどに鳴いているが、史絵は負けないようにきっぱりと言う。

「あと、私ばっかり選ぶのも終わりにしたい。これからどうするのかは、やっぱり雄介も選んでほしい。私は今後も、白石美術館で働きつづけるって決めたから。非常勤っていう立場なのは変わらないけど、それでもここで頑張りたい。もしまだ本当に私と結婚したいっていう気があるなら、雄介も東京とこの町を往復するくらいのつもりでいて」

ひと思いに言い切ると、全身から力が抜けた。

雄介を好きだという気持ちは変わらないが、別れるのも覚悟の上だった。

「とりあえず、そっちに行くよ」

「いいの？」

「……分からない。正直、週末婚とか自信ないから」

「そうだよね」

「でも史絵は一度決めたことを曲げない性格だろ。それによく考えれば、俺って史絵のそういうところを好きになったわけだし。厄介だけど」

十年以上付き合ってきた恋人に、はじめて本音を伝えることができた。

駐車場から見える夜景は、闇に包まれていた。人工的な光の少ない、なにもない田舎の夜景が、史絵はずっと好きになれなかった。でもこの日は、山も海も近くにある平和な町も悪くないと思えた。


開幕式にヨシダの姿はなかったが、滞りなく進んだ。

マイクを手にした白石理事は、集まった招待客の前で淡々と挨拶した。

「長いあいだ、ヨシダカヲルは作品を発表していませんでした。それでも、いずれこうして回顧展をすることが、私の夢でした。開幕までヨシダに付き添ってくれたスタッフと、この場に集まってくれたみなさんに、まず感謝を伝えたいです」

理事は最後にこう締めくくった。

「ヨシダカヲルも私も、人生の黄昏時《たそがれどき》にさしかかっています。今こうしてみなさんとお会いできて、もう心残りはありませんが、願わくば、展覧会を見た人の心に種がまかれ、いつしか芽を出して花を咲かせますように」

拍手で包まれ、開幕式は終わった。

招待客は展示室に流れていき、史絵は来賓の案内役を務める他、地元メディアからの取材への対応に追われた。

展示室の一角で、白石理事が一枚の絵の前に立っている姿が、ふと目に入った。

その絵は主要な大作ではなく、カタログにも小さく掲載されているに過ぎない。キャプションにも解説はついていない小品だ。それを展覧会に含めることにしたのは、史絵の強い希望だった。

鼻梁《びりょう》の角度やこちらを見つめる目の形は、モデルの女性によく似ている。若い姿が描かれているが、年を重ねた姿とも予言のように重なる。それなのに、会場にいる誰もモデルの正体に気がつかないようだった。ただし、当の本人を別として。

黄色く光を宿したような、ミモザの花。

その花言葉は「秘密の恋」。

昔とある異国では、人に言えない愛を告白するのに、恋人たちがミモザの花を贈りあったという。だからその秘密も、史絵の心の内にとどめてある。

ヨシダはその後、理事と話したんだろうか――。

しかし理事に訊くのも、おかしい気がする。

理事は招待客から声をかけられ、ふたたび毅然《きぜん》とした表情で対応をはじめたので、史絵もその場を離れた。

出口近くで、思いがけずエイトと出くわした。

史絵のことに気がつくと、エイトはヘッドホンをとって頭を下げた。

「来てくれたんだね」

少し見ないあいだに、どこか印象が変わったように感じる。身長は変わらないはずなのにフォーマルな服装のせいだろうか。エイトの母親の姿は近くになく、一人で静かに作品と対峙している。人混みが嫌いだと話していたけれど、大きめのヘッドホンで防音対策をしているエイトは、いつもの神経質そうな表情を浮かべていた。

「新作を描くの、手伝ってくれたんでしょ？　桑園さんから聞いたよ」

制作の助手を務められるのはエイトしかいないと思った史絵は、ダメもとでエイトに連絡をしていた。すると電話がつながり、母親を説得してアトリエに行く、とエイトは約束してくれた。

「間に合ったことが信じられないよ」

「ありがとう。お母さんとも話せた？」

エイトは肯いた。

「僕なりに考えを強く伝えたつもり。最初はすごく怒ってたし、うまく伝わったか自信はないけど、これからも頑張って説明していくよ。たぶん大丈夫。今日の服だって、お母さんが買ってくれたんだ」

「よかったね、本当に」

「うん、悪くない服だと思うよ」

史絵はほほ笑んだ。

「ヨシダさんのところ、また手伝いにいくの？」

エイトは首を左右にふった。

「ううん、それは今回で最後。代わりに、やりたいことがあって」

「なに？」

「介護福祉士の勉強」

気恥ずかしそうにエイトは言った。

開幕式には、ヨシダを支えていたさまざまな人たちもやってきた。梶先生をはじめとする地域のネットワークを通じて、近隣に暮らす美術好きの話題にもなっているようだ。碧波市の知られざる歴史を、別の角度から見られるとして、地元の新聞社やメディアから取材の依頼もあった。

それは史絵にとっても、白石美術館に赴任してから、はじめての経験だった。

おそらく見にくる人の数は、そこまで多くはないだろう。それでも、わざわざヨシダの作品を鑑賞するためだけに、碧波市に足を運ぶ人もいるはずだ。史絵は改めてヨシダ作品の力を思い知ると同時に、地方の小規模な美術館でやるべき仕事の、ひとつの答えを見出すことができた気がした。

招待客が帰っていった夕方、桑園から電話があった。

ヨシダが白石美術館の一階搬入口に到着したという。急いで真子と駆けつけると、車椅子に乗ったヨシダが、ワゴン車から現れた。顔色は悪くなく、こちらを認めると小さく手を挙げてくれた。

「諦めが悪い性格でね、やっぱり見たくなった。案内してくれますか」

「もちろんです！」

史絵と真子は、ヨシダの車椅子を押しながら、改めて展覧会を鑑賞した。誰もいなくなった展示室で、作品はずっとそこにあったかのように馴染んでいた。ヨシダと過ごした一年と少しが、おのずと思い出される。

作品を見終わり、二人きりになったタイミングで、ヨシダからお礼を言われた。

「長いあいだ、女性の画家にとって、厳しい時代がつづいていました。けれども、今は大勢の女性たちが、すばらしい活躍をしている。彼女たちのきらめきがあるからこそ、今こうして私は戻ってこられました」

ヨシダはしみじみと言い、会場をふり返った。

「私はね、褒められるよりも無視されること、勝つことよりも負けること、強さよりも弱さの方に、共感を抱くんです。伝説になった英雄よりも、悲哀のなかで気づかれずに倒れていった名もなき戦士のために、この展覧会を捧げたいと思います」

いつになく力強いヨシダの言葉に、史絵は背中を押された。

「これからも、ぜひ描きつづけてください」

ヨシダはほほ笑んで、肯いた。

そして周囲を見回し、改まった調子で訊ねる。

「今日は、白石理事もここに？」

あの肖像画を見つめる理事の横顔を思い出しながら、史絵は大きく肯く。

「はい、いらっしゃっています。ご案内しましょうか」

「お願いします」

長い廊下を通って、史絵はヨシダを理事室まで送り届けた。

廊下に面した大きな窓の向こうは、彼女のカンヴァスのように、刻一刻と変化する夕焼けが広がっていた。

二人はどんな会話をしているのだろう。

ミモザの秘密に想いをはせながら、史絵はもう一度、ヨシダの展覧会を見てまわることにした。

本書は書き下ろしです。

写　真
Alejandro Moneo /EyeEm/getty images

装　幀
岡本歌織（next door design）

一色さゆり
（いっしき・さゆり）

1988年、京都府生まれ。東京藝術大学美術学部芸術学科卒業後、香港中文大学大学院修了。2015年に第14回『このミステリーがすごい！』大賞を受賞し、翌年受賞作『神の値段』でデビュー。主な著書に『ピカソになれない私たち』、『コンサバター　大英博物館の天才修復士』からつづく「コンサバター」シリーズ、『飛石を渡れば』、『光をえがく人』など。

カンヴァスの恋人たち

二〇二三年四月二十四日　初版第一刷発行

著者　一色さゆり

発行者　石川和男
発行所　株式会社小学館
〒一〇一-八〇〇一　東京都千代田区一ツ橋二-三-一
編集 〇三-三二三〇-五九五九
販売 〇三-五二八一-三五五五

DTP　株式会社昭和ブライト
印刷所　萩原印刷株式会社
製本所　株式会社若林製本工場

造本には十分注意しておりますが、印刷、製本など製造上の不備がございましたら「制作局コールセンター」（フリーダイヤル〇一二〇-三三六-三四〇）にご連絡ください。
（電話受付は、土・日・祝休日を除く九時三十分〜十七時三十分）

 ISBN 978-4-09-386670-5

小学館の本

神無島のウラ

あさのあつこ 著

12歳で離れた故郷の島へ、
槙屋深津は20年ぶりに帰ってきた。
島の小・中学校の臨時教諭になるためだ。
同僚や子どもたちは深津を歓迎するが、
小学4年生の宇良だけ現れない。
人の善悪を見抜き、どちらかわからないうちは、
姿を見せないという。
深津は悪寒を覚えた。
20年前の記憶がよみがえる――。

定価1760円（税込）